[韩]张明淑————著
吴思雨————译

因为是自己的人生呀

浙江文艺出版社
Zhejiang Literature & Art Publishing House

果麦文化 出品

十多岁，萌生了一个梦想。

二十多岁，不停止挑战。

三十多岁，不断全力以赴。

四十多岁，接近有困难的人，给予他们帮助。

五十多岁，内心变得自由。

六十多岁，做了人生计划之外的事。

七十多岁，每一天都过得很精彩。

只要还活着，只要还能动，每个人都是自己人生的主角。

序：永远向往明天的人生

标志性的耀眼白发和帅气衣着 ▲

我是张明淑,生于1952年。战争时期,我出生在一间茅草屋里。70岁左右,我成了YouTube博主。

在整洁明亮的家中 ▲

早上醒来,我会激动地想:"今天会更有趣吗?"晚上躺下,我会回顾:"这一天过得好吗?"然后期待明天还会发生什么。

有人叫我时尚奶奶,也有人说我是榜样。一切都超出了期待,对此我很是感激,自豪感和责任感也因此增强了。

写这本书时,我回顾了自己的生活。从前感觉生活就像一场磨难,现在回想起来却觉得:"哎呀,就只是这样而已吗?"

因为脸小嘴大,我从小就被人说长得丑。又因为身体弱,经常生病,受了不少苦。受苦是因为与生俱来的外貌,还是因为这种会指责人外貌的环境呢?

和植物朋友在一起 ▲

我不清楚。但唯一可以肯定的是,正是环境带来的自卑感,把我带到了时尚界。得益于此,我才拥有了华丽灯光,也看到了世界的阴暗,还学会了关心、珍惜以及爱自己。

虽然也会因为被贤妻良母的社会期待所束缚而感到吃力,但我仍尽力在被赋予的角色上做到最好。

我曾因为女人的身份而受过委屈,也曾因为是东亚人而感到过疏离,还曾因为是一位在职母亲而经历过悲伤。没能在两个儿子年幼时长久地陪伴在他们身边,给我留下了永久的愧疚。这样的事情,我也记录在了书里,因此有时可能会出现情绪化的文字。

1994年,大儿子经历了一场生死攸关的大手术。此后第二年,我工作的地方发生了重大事故。为了活下去,我一直咬紧牙关。正是从那时开始，我祈祷自己能够帮助有困难的人，一步步将承诺付诸行动。

到了这个年纪，时常听到人们问："生活是什么？""活着有什么意义？"为过好自己的生活也好，为帮助困难的人也好，请不要听信那些不为你的人生负责的人的话。

在人生的每一个转折点，我都会反复告诉自己："好吧，如果是山就翻过去，如果是江就渡过去。总有一天会看到结果。"

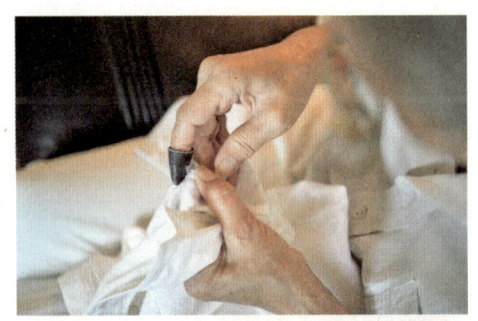

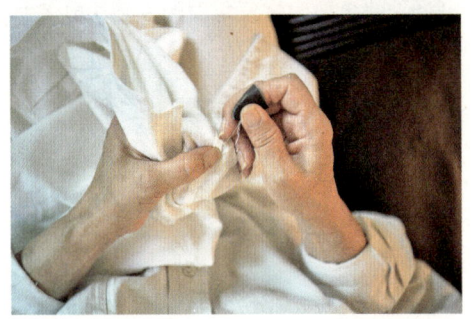

动手改造旧衣 ▲

承载珍贵回忆的老照片 ▲　　　　　　每晚睡前的宁静时刻 ▲

在疲于奔命的过去,每当我感到辛苦时,总会复诵诗人具常《花席》里的句子:"即使现在脚下的这条路荆棘丛生,某天回头再看,应该也会是一条花路吧。"

我想认真而冷静地对自己说:"每时每刻,我都诚恳地、精打细算地、全心全意地为了过好独属于自己的人生而努力。从现在开始,我更要为需要帮助的人倾注更多力量。我想继续做善良之事、热爱之事,直到死亡。"

这本书,也正是这件事的一部分。
写于一个阳光灿烂的日子。

张明淑(Milanonna)

目录 | CONTENTS

Part 1 对世界上唯一的『我』有礼貌

01 对哭泣的学生说……2
02 别人，就只是"别人"而已……7
03 银发闪耀……11
04 和人比较，就是偷走人生的喜悦……14
05 那些真正的大人……16
06 通过放弃，获得自由……20
07 要不要结婚……23
08 不抱怨没法选择的事……27
09 活过，也创造过……30
10 我的存在本身就是美丽……33
11 过庆典一样的生活……36
12 父亲的训诫……39
13 明淑己志……43

目录 | CONTENTS

Part 2 精打细算地安排二十四小时

14　我是 YouTube 博主……47
15　步行，在不能折返的旅途中……49
16　在阳光下发呆……52
17　管理时间的人……54
18　用五感探索日常生活……57
19　初次约会也要打包……60
20　不遗弃植物……63
21　整理后，生活也变得简单明了……66
22　有条不紊的一天……69
23　生活，怎么过都好……72
24　"我那时候……"……75
25　把钱花在让自己开心的事情上……78
26　命中注定的相伴……81
27　旧物背后的故事……85

目录 | CONTENTS

Part 3 越简单，越舒适

28 灿烂地老去……88
29 新衣瞬间成破烂……90
30 我喜欢有情绪价值的衣服……93
31 你有专属于自己的颜色吗……96
32 奢华来自态度……99
33 人比衣服更重要……102
34 因为我想穿……105
35 有笑就有福……110
36 奶奶的语录……113
37 皱纹是岁月的徽章……117
38 自己拎包……120
39 在名为人生的摊位上……123
40 根据自己的口味点菜……126

目录 | CONTENTS

Part 4 理解和拥抱

41 干净利落地结束……129
42 扔掉才用了八年的冰箱……131
43 你是哪种汤匙……134
44 婆婆的枕头……137
45 所谓婚姻……139
46 人生中的优先顺序……143
47 我不想要那束含羞草……147
48 过让所有人都开心的节日……150
49 只需七百韩元的幸福……154
50 开在低处的三色堇……158

目录 | CONTENTS

结束语：
比起不停烦恼，
先开始做点什么吧！
162

Part 1 对世界上唯一的『我』有礼貌

如果没有"我",
"我的世界"也将不复存在。

01 对哭泣的学生说

从前教过的学生前来拜访,许久不见的脸上满是憔悴与沧桑。肯定是有原因的,可学生却迟迟不能开口,最终痛哭失声。我耐心地等她哭完,递上热茶和一条柔软的毛巾。

哭声渐小,学生逐渐平静。她哽咽着说自己太累,活不下去了,想要结束生命,因此选择在生命中最后的时光来找作为老师的我。

经过努力,她在公司晋升到了想要的位置。虽然结果上令人满意,但从晋升的那一刻起,她的苦难反而开始了,甚至曾因恐慌障碍和抑郁症住进医院。看到热情、有才华的人变得萎靡不振,心里很不是滋味。我咬紧牙关,不露声色。

公婆只关心自己能拿到多少零用钱，丈夫的态度与婚前有一百八十度的变化，家内外的脏活累活都要自己负责。已到中年的学生一边说，一边止不住地重重叹着气。

因为是双职工夫妇，家里经济上很富裕，但想到只有丈夫一个人能享受经济状况带来的满足感，不安和怀疑就都涌上了心头。各种麻烦的请求从四面八方涌来，总是要和讨厌的人见面，每晚想到工作就睡不着觉，饱受失眠之苦。我静静地听着，渐渐陷入沉思，思考该如何劝慰学生。

学生是典型的工作狂。漫长的岁月里，她无暇自顾，不知道自己的身心已经超过负荷，搞不清如今身在何处，该去往何方，只一心往前跑，最终因为迷失方向而惊慌失措、精疲力竭。

就这样，她整个人崩溃了，失眠愈发严重，不断恶性循环。不想用酒精麻痹自己，也不愿服用镇定类药物，她的抑郁症一天严重过一天，常常过度担忧，焦躁不安，无缘无故心跳加速，甚至出现心律不齐的症状，还伴随有极端想法。

小时候父母要求越是严格，长大后越容易产生完美主义情结或全能主义情结，对自己抱有过高的期待，把自己逼到极限。如果达不到心理预期，就会非常沮丧。

我模糊地记得坐在我面前的学生就是这样长大的,于是向她求证。"您怎么知道?就像算命先生一样。"学生说道。直到这时,她才隐约露出浅笑。

"因为我都经历过。""真的吗?老师看起来总是从容自信,我还以为没有您恐惧的事。""好,那你想听我说说吗?"就这样,整个晚上,我都在给学生讲述自己一个人奋斗的经历,给她建议和鼓励。

最重要的是肯定自己,肯定"我"的存在。在"孩子""丈夫"前加上"我的",变成"我的孩子""我的丈夫",**只有我存在,孩子和丈夫才存在**。如果没有"我","我的世界"也将不复存在。

造物主创造我一定是有目的的,想一想作为终点的死亡,反而能找到活下去的理由。紧抓这个意义,继续前进,便一定会看到隧道的尽头,看到微弱的光芒。

不要折磨自己,把自己放在人生的中心。要做到这一点,必须放下肩上的沉重负担,首先要做的便是注意倾听自己的需求。只有树立起稳固的自我,才能不被他人的感情所左右。

就算失败也不要觉得丢脸,要赞美全力以赴去挑战的自己。如果总是毫无价值地做好人，战战兢兢做事，肩上必然只会留下脏活儿、累活儿。

遇到麻烦的请托时，要冷静地判断自己的能力是否可行，如果能力不足，就要以淡定且恭敬的态度坦坦荡荡地说："这超出了我的能力范围，我也许办不到。为了不破坏我们之间良好的关系，恕我不能接受。"

处理和子女、丈夫、婆家的关系，都要使用这样的方式。刚开始会有点不忍心，但只有这样的关系才有价值，才能长久维持。何况不管是什么关系，只要善良、真诚地对待，最终就不会有不好的结果。

不要在意他人的视线和评价，记得先温暖抚慰自己的心灵，积蓄继续前进的力量。 如果筋疲力尽而摔倒了，就暂时休息一下，欣赏周围的山河美景，倾听来自内心深处的声音。

我悄悄观察着学生的表情变化，真诚地与她交心。所幸，宛如怀揣了世上所有烦恼的学生终于渐渐归于平静。她说会像我说的那样去努力尝试，然后道别离开了。

几天后，她打来电话。沉重的阴影似乎已经慢慢散去，她说放下了一个人完美解决所有事情的想法。

"我正在按照老师的话去做。'犯错也没关系，摔倒也没关系。摔倒了就休息一会儿，拍拍衣服再站起来就行了。'这句话一直安慰着我，让我一点点鼓起劲。如今我正在努力感受和观察自己的身心到底想要什么。谢谢您，未来我一定会带着更明朗的面容再来拜访您。"

学生恢复了精神，真好。

人生只有一次，这似乎有点可惜。因为如果能带着这辈子学到的东西再活一次，第二次的人生想必会轻松许多吧？但我只想在仅有一次的人生中，不被他人的视线动摇，灵活而柔软地守护自己的生活。何况如果真有第二次人生，很可能会因为预知了辛苦而活不下去。

02 别人，就只是"别人"而已

好久没和老公吵架了。在一起46年有余，太清楚对方吵架时的样子，因此我提不起精神，常常得过且过。但是那天我偏想计较到底，准确地说，是看不惯他说那句老话。

"别人看了会觉得……"明明知道我有多讨厌这种说法，但丈夫又重复了一次。这次，我抱着消灭这句话的决心，坚定向他宣战。

"别人怎么看有什么重要的？""为什么我要考虑别人？""为什么我要和别人一样？""别人会来过我的人生吗？""我生病的时候别人会陪我一起痛苦吗？""我饿的时候别人会给我做饭吗？""那么了

不起的'别人'为我做了什么？""为什么我要关心别人的看法？"

因为那个了不起的"别人"，我的愤怒涌了上来。我很清楚人是社会性动物，不应该伤害他人，但只因为这样，就非要迎合别人不可吗？为什么我的思想、行为都要符合别人的标准呢？

这就是我愤怒的根源。从小我的自我意识或者说逆反心理就很强，讨厌"因为别人做了，所以你也得做"这样的话，因此经常和母亲发生摩擦，被指责"就你特殊"。也许她是担心个性要强的女儿会因此过不上平坦的生活，会吃太多苦，但我真的厌倦了这种面子上的话。

与父母的矛盾在婚礼前后到达了顶点。"别人也是这么准备彩礼的。""别人看了会嘲笑说我没好好教育小孩的。"在我看来，准备彩礼和结婚用品的费用太不值得了，因此，精心帮我准备嫁妆的母亲和与她观点不一致的我，矛盾不断。

父亲不仅对我亲自设计的婚纱不满意，我准备在婚礼上戴的帽子他也看不过去。当他看到那顶白色无檐绒帽时，生气地说："你得戴别人都戴的那种面纱。"我经常因"别人"而受到指责，被当作有问题的人，过着压抑的生活。

所以，当我与在大学设计专业教书的男人结婚时，曾暗自期待，至少这个人不会那么保守顽固。但不知怎么回事，丈夫比起父亲有过之而无不及。他不会指点我是穿的迷你裙或紧身牛仔裤——这是出于对我的专业的尊重，但是对穿衣打扮之外的其他方面，他动不动就说"别人看了会觉得……"，真是不知怎么办才好。

在时装界工作时，偶尔下班会很晚。每到这时，丈夫总是说"别人看了也会觉得……"以阻碍我的脚步。我理解丈夫的心情，妈妈能准时准点回家，当然对孩子更好，但我不喜欢以这种话作为说服我的武器。

每当丈夫拿出"别人看了也会觉得……"的武器时，我的应对之举就是反驳说："路易吉诺家不是生活得挺好的吗？"虽然对曾经关系亲密、如今已离开人世的意大利朋友感到有些抱歉，但是我一提到路易吉诺家的事，丈夫就不会再说"别人看了也会觉得"这样的话。

路易吉诺一家生活方式十分独特。他们住在一幢两层的别墅里，一楼是摆满旧家具的生活空间，二楼是摆放着优质物品的客厅。他们在布置得不错的客厅里招待客人，私下却完全不在乎他人的看法，随心生活。

一提到路易吉诺家的事就闭嘴的丈夫这次进行了猛烈反击："那个谁，他家不也是这样？又不是只有我在乎别人的眼光。"

丈夫举例的那个人家里挂着我喜欢的画家的作品。看到通常在展览中才能得见的东西，我非常激动，赞叹不已。但是，那夫妇俩却连画家的名字和作品名称都不知道，无法答腔，只是含糊其词。路易吉诺家摆放的都是让自己舒心的物件，而这对夫妇俩花钱买画，却并非出于自身喜好，只是因为别人估出的高价。

不仅仅是画，工艺师制作的珍贵器皿变成装饰柜里的陈列品后，似乎也失去了本身的用途。与此相对，每天都要使用的餐桌上摆的却只是酒店配餐时附赠的一次性餐具。（但是过着不用洗碗的生活，应该也很快乐吧？）

我不想总是在乎他人的视线，过着没有自我的生活。**比起别人看来不错的人生，过着让我自己满意的人生不是更好吗**？用各种逻辑进行了反驳后，老是说"别人看了也会觉得……"的丈夫终于稍微收敛了一点。

03 银发闪耀

或许是基因的缘故,我们家里人的头发世代都很少,且白得快。从医学角度来看,这是黑色素流失过快的表现。

母亲脸型修长、五官端正,是一位难得的美人。没有眼力见的人甚至当着我的面说女儿长得不像母亲。是啊,很可惜,我长得像父亲。

然而,母亲也有说不出的苦恼,那就是她的头发稀少。稍微公开一个秘密:母亲从50岁出头就开始戴假发了。虽然外人不会看到,但是作为大女儿的我目睹母亲摘掉假发的样子时,总会心生担忧:如果我也像母亲一样怎么办?

无论如何，我都不想戴假发，也不想烫发。烫发时使用烈性药品会损害头皮，本就稀少的头发只会掉得更多，事实上我也从来没有烫过头发，尽可能不给头皮带来压力。留短发就是我维持发量的方法。

40多岁，在大儿子经历了生死攸关的大手术后，我的头发变白了，因此保持着染发习惯，直到50岁出头。为了掩盖两周后就会长出的白发，我要经历整整3个小时修剪头发和染发的苦。每到此时，我总会想：这种仪式到底要持续到什么时候？遇到一位教授之后，我终于改变了想法。

这位教授受天主教基金会的邀请来到韩国，在韩国外国语大学意大利语系任教。后来他患上痴呆症，住进了富川的一家疗养院。原本精通五国语言的他，因为痴呆，从新近习得的语言开始遗忘，最终到了只能使用几个母语单词的程度。为了不让他完全忘记意大利语，我一有空就去疗养院帮助他练习。

出入疗养院时，我会观察老人们的外表。我发现为便于管理，老人们大部分留着短发，而且都是没有染过颜色的天然白发。看到他们的样子，我也决心过最本真的生活，在行动上则表现为不再去染发。

事实上不染发需要勇气，因此我列出了不染发的优缺点，以此说服自己：染发需要长时间保持同样的姿势，胳膊会酸痛，不染发能够免于这种苦楚；我对一般的染发剂过敏，不染发就不必花那么多力气找适合自己的染发剂；染发剂是造成水污染的原因之一，不染发更符合我坚持的环保生活。

优点有这么多，缺点却只有一个，那就是看起来上了年纪。

"反正都上了年纪，那就接受吧。"就这样，我终于进行了盼望已久的剪发和染色解放仪式。不想忍受三种颜色夹杂的发色"盛宴"数月，性急的我一次性剃掉了所有头发。

那时我55岁，出现了绝经征兆，身体也开始发生变化。剃了光头后，母亲斥责我说："又丑又显老，你到底想怎么样？"我经常去的保育机构的小朋友说："白色短发的不是奶奶，是爷爷！"不知何时，修道院的修女也开始不经意地叫我爷爷。哎呀！这让人怪不好意思的。

如今我不染头发已有15年左右，现在更多的人会跟我说白色的短发很帅气。是奶奶又怎样？是爷爷又怎样？**接纳原本的自己，体验真实带来的舒适感，这就是自由的奥义。**

04 和人比较，就是偷走人生的喜悦

"妈妈朋友的儿子"简称为"妈朋儿"，代指家庭、性格、外貌等条件都很完美的人，也就是所谓的"别人家的孩子"。

我劝告周围的朋友千万不要用"别人家的孩子"这种说法。为什么要把全世界珍贵的孩子拿来做比较，使他们感到难过呢？在用"别人家的孩子"摧毁孩子的自尊心之前，请去观察一下那个孩子的妈妈，看看她是在什么样的环境下养育孩子，以什么态度对待孩子吧。

没有自尊心的养育者往往会把自己的孩子与别人的孩子进行比较。比较的瞬间，羡慕、嫉妒涌上心头，心变成地狱，象征不幸的荆棘肆

意生长。试想一下,如果孩子对自己说"别人家的妈妈",我们会有什么样的感觉呢?

比较是没有价值的,因为别人是别人,自己是自己。世界上的每个人都有其特质,只有这些特质得到承认,才能产生作为人的存在感。只有我们在成长过程中感受过尊重,才会懂得如何尊重别人。

每当听到"别人家的孩子"的时候,我都想举起写着"所有养育者,让我们使用能够守护孩子自尊心的称呼吧"的牌子,开展禁止说"别人家的孩子"的活动。

在意大利,养育者这样称呼被养育者:我的星星(Mia Stella),我的爱(Mio Amore),我的快乐(Mia Gioia),我的宝贝(Mio Tesòro)!这样难道不是很温暖吗?"你是世上最重要的存在。""因为有你,星星升起,宝藏现世。"被称为爱、星星、宝贝、快乐,孩子们的自尊心必然会加强。用这些话代替"别人家的孩子",孩子们该有多高兴啊!

不久前读电影评论时,我记下了一句话:"**比较就是偷走人生的喜悦。**"因此,为了变得幸福,我们需要与之比较的并非他人,而是昨天的自己。

05 那些真正的大人

喜欢"导师"这个词带来的舒适感、宽容感、信赖感和温暖感。它让我想起大海中的灯塔,给暗夜航行的人们带来安慰,指明方向。我的人生中也有好几个导师,其中一位是马兰戈尼设计学院时装学校的布拉加老师。

轻快的步伐,基本款单鞋,袖口挽起的白色衬衫,黑色哈伦裤,厚厚的皮带,大大的蜻蜓眼镜,戴满双手的戒指,叮当作响的手镯……第一次见到老师时,我一阵战栗。

布拉加老师成长于米兰中产阶级家庭,从穿衣到待人接物都很得体。想知道何为教养,见到这位就有答案了。43年前初次见面至今，我们一直保持着深厚的关系。老师是我人生中的向导，有时像朋友，有时像妈妈。

布拉加老师说："明淑作为设计师时理性克制，作为教导设计的老师时却充满感性，生活中难免会有很多矛盾的时候。"事实上，我的人生果然如老师所说。

还有一位导师是我关系最好的高中朋友的母亲。无论是从普世标准还是主观标准看，她都是把七个子女培养得非常好的人。她出生于1920年，经历了之后国家的所有动荡期。日常衣着简单，却总是整洁有型。

是养育七个子女积累出的底蕴吗？无论何时对她诉说苦恼，她都会毫不犹豫地给出答复。她拥有思辨能力，擅长温故知新，总是向子女们强调进取精神。不管和她讨论什么主题，你都不会觉得枯燥，其思考之灵活和深度令人赞叹。

因为尊敬这位母亲，我常去朋友家里做客。在女儿朋友面前表现得体是应当的，但朋友表示，就连自己也从未见过母亲动怒的样子。她总是用舒适的语调轻声细语地说话，是一位真正的大人，也是我想要效仿的大人。

第三位导师是一位意大利密友的母亲。待我如自己的女儿一样的她，两年前就过世了。朋友介绍说我是她在教堂结识的朋友时，这位母亲温暖地拥抱了我，笑容温暖，让我无法忘怀。她很慈爱，对每个人都一视同仁。

这位母亲向人们展示了什么叫作真正的高贵。她向我们示范招待客人时应该如何布置餐桌，作为有风度的人，该如何尊重长者，如何亲切对待晚辈。晚年时，她把事业留给女儿们，专心帮助有困难的邻人。

知道我要去非洲做义工，她赞助了不少钱。对于我曾感到困惑的子女问题、信仰问题，她都给出了很好的解答。出生于20世纪20年代的她在性别议题上或多或少有些偏向男性，因此只有在夫妻问题上无法给出我能认可的答案。

我在米兰听到她去世的消息，有幸参加了她的葬礼弥撒，那神圣景象带来的感动令我难以忘怀。得到她帮助的所有人从远方赶来，真心为她的离世感到难过和惋惜。来自秘鲁的未婚妈妈、修道院修士、保育机构院长……前来参加葬礼弥撒的人不分男女老少，没有地位高低，同样都在缅怀。

我从马兰戈尼设计学院的恩师那里学到了对待学生的方法、维持良好生活秩序的方法、展现风度的方法以及培养兴趣的方法；从朋友的母亲那里学会了如何对待子女、照顾身边的人以及如何过好日子；从意大利的养母那里学会了如何奉献、帮扶他人。

"导师"一词来源于希腊神话。希腊伊塔卡国国王奥德修斯参加特洛伊战争时，曾拜托朋友照顾并教育自己的儿子忒勒玛科斯，这位朋友叫门托尔，也就是"导师"的意思。在门托尔的教育下，忒勒玛科斯长成了一个优秀的人。因此，"导师"一词的含义就变成了**引领人生的指导者，明智可靠的咨询者，分享智慧的教育者**。

遇见好的导师是我的幸运，如果我也能成为某个人的导师，那该有多好啊。

06 通过放弃，获得自由

"自由"这个词，光是听着它、读着它，就觉得心里的门闩松了，吹来一阵凉爽的风。

1980年代后期，36岁时，我受到当时国内最有名、规模最大的时尚公司的邀请，在那家公司做设计师的学生推荐我担任顾问。

公司询问我是否接受朝九晚五的工作，对此我表示为难。不想耽误大学的课程，更不想停止舞台服装工作，因此没办法每天坐班。

公司让我提出条件，于是我说每周工作三天。会长欣然同意，然后向我询问礼宾车事宜。对于常务理事级别的高管，公司会提供高级轿车，配备专职司机，他们还特地为我挑选了车型和颜色。

对于这意想不到的待遇，我感到十分惊慌。有司机接送，上下班应该很方便吧。在后座上既可以读书，也方便整理文件，优点很明显，然而缺点也可以预见。

我是续约周期为一年的合同工，若是觉得工作辛苦，有什么不满，可能会在一年后辞职。如果现在就习惯了司机接送的舒适，辞职时可能很难忍受随之而来的不便。

经过考虑，我郑重地谢绝了礼宾车的提议。会长一脸惊讶："人们通常都会主动要求提供礼宾车，甚至要求提供更大的车型，请问您拒绝的理由是？如果是对车型有什么不满，请务必告诉我。"

"这不是我一辈子都能享受到的便利。如果总有一天要归还，那么最好不要一开始就习惯。但请放心，在职期间我会竭尽全力为公司的利益工作。"此后我进入公司，愉快地努力工作，想离开的时候就果断离开，没有一丝留恋，非常自由。

到70岁为止，我在政府机关、民营企业都工作过，签订过很多次合同。每当看到将雇佣方称为"甲方"，将劳动者称为"乙方"的合同，我都觉得劳动者没有被当作人来对待，而是被看成了工具,心情很沉重。从合同条款看,乙方的责任和义务比甲方多几倍,因此每次签合同时,我都有种去当长工的感觉。"有没有作为乙方,也能感到自由的方法呢?"认真思考之后,我得出了自己的结论。

稍微降低一点薪资标准,少计较得失,竭尽全力工作。我想,这样即使无法在工作中处于最有利的地位,也能凭着出色的能力立足。如果自己的真实能力比与薪资对应的能力稍高一些,即使是乙方,也能获得足够的发言权。

有人可能会问:"主动要求降薪?这是正常人会说的话吗?"但是要知道,自由比什么都重要。只有自己的工作能力略高于薪资要求的能力时,才不会被轻易控制和支配。高薪职位能让你享受很多特权,比如专车接送,但事实上,它带来的更多的却是身不由己。为了多一点自由,适当的舍弃也不失为一种选择。

奥地利作家维克多·弗兰克尔曾写过自己在纳粹集中营的经历。即使在最极端的情况下,人也有选择顺从还是抵抗的自由。一切都可以被剥夺,除了自由。能够遵从内心的自由是非常珍贵的。

07 要不要结婚

在父母的强烈劝诫下早早结婚的我,原本是不婚主义者,至少一直主张晚婚。事实上真的结婚之后,因为需要兼顾工作和家庭,我的确像是在负重跑一样疲惫不堪。

对询问不结婚和结婚哪一个更好的人,我无法给出明确答案,只能谨慎地说:请不要轻易讲出"我至死不婚"这种豪言壮语。

身边的朋友偶尔会向我倾诉自己的苦恼:子女不想结婚,我该怎么办才好?"**不要逼迫他们结婚,让孩子自己来选择吧。**比起不幸的婚姻,幸福的不婚要更好。况且时机到了,孩子们自然会明白该做出什么选择。"这就是我的回答。

现在的年轻人见识广博，很有智慧，也许正是因为如此，才以各种理由选择了不婚。虽然也有就业难、买房难、子女养育费用高等现实问题，但很难讲清到底是哪一点让他们做出了不婚的选择。

身边有位朋友的父亲是家中长子，因此需要负责张罗祭祀仪式[1]。朋友看到母亲几乎每个月都要为此操劳，便宣布自己不想结婚，理由是自己没有信心在21世纪找到像母亲那样的女人，也没有勇气像父亲那样每个月都理直气壮地要求妻子为家族事务而奔忙。谁能说讲出这种话的儿子是不孝子呢？他明明明智又体贴。

所以，让我们客观地想想结婚的定义到底是什么吧：遇到特定的对象，只和那个人一起生活，生养孩子、组建家庭；或者两个相爱的人决定不生孩子，就这样携手共度一生。

对于这样关乎一生一世的重要决定，外人究竟哪里来的资格指手画脚呢？

1　韩国人很重视祭祀，有一套复杂的祭祀流程。每逢祭祀日，女性往往从凌晨就要开始忙碌，准备祭祀用品。

我们是受邀来到地球一隅的生命体，降生于此，目的并不只是为了延续种族，所以尽情享受生命然后离开便可，为什么一定要留下自己存在过的痕迹？

"结婚率和出生率下降，使我们面临着种族灭亡的命运。"如此重大的责任，怎么能全都推给年轻人承担？如果说繁衍种族是人类的本能，那我们是不是应该了解一下，到底是什么抑制了这种本能，然后各方通力合作，去创造更适合生活的社会呢？

但是，我也要问问不婚主义者：你有没有明确的人生目标？这漫长的人生旅程你要如何来填满，有没有想过自己会经历怎样的生活？我尊重出于利他原因而选择不婚的修士或修女，作为不婚主义者，你们有没有像修士或修女那样坚定不移的人生观？

无论是不婚还是结婚，都不必一早就做出坚定选择。独自生活很好，和相爱之人一起生活也很好，结婚不是唯一的选择。

法国时装设计师皮尔·卡丹说："我最后悔的事就是没有生孩子。"生养孩子的确是一种生命中无可比拟的独特经历，但是，如果你没有照顾好孩子的信心，就不要选择生孩子，不能把自己的不幸带给下一代。

在引用皮尔·卡丹的话时，我也回顾和反思了自己的人生。我想知道，年轻人是不是因为看到我以及社会中这些成年人的不幸，才不愿结婚生子，抑制了延续种族的本能呢？

08 不抱怨没法选择的事

不尽如人意的事有很多，比如选择什么样的父母，出生在怎样的国家……我们无法选择构成自己的所有要素，死亡的日子也是一样。

有些人出生时便拥有富裕国家的国籍，走到任何地方都会受到优待；有些人出生时便是贫穷国家的一员，在哪里都会被当成出气筒。

看到乘着小橡皮艇、冒着生命危险到欧洲行乞的难民时，我就会产生无处发泄的愤怒感，明明没人想选择这样的生活。这些人为了自己的未来，拼命来到欧洲，希望得到更多机会，这样的他们令人敬佩。

在意大利时，我有几个非洲朋友和菲律宾朋友。其中一位是大学毕业生，日常却要靠去超市门前行乞过活。有一天，我跟即使乞讨也不卑躬屈膝的他搭话，询问他打算这样生活到什么时候。

"尼日利亚没有工作机会，我为了寻找更广阔的世界来到了此地。等攒够旅费，我想去瑞典那种工作时薪高的地方。"他充满希望地说道，"比起那些在旅程中丧命的人，我已是幸运儿。等我挣到钱，就要寄回家里。"我看着红着眼眶诉说的他，肃然起敬。

另一位来自菲律宾的朋友是清洁工人，他是英语学士，也是一位养育了一对双胞胎女儿和一个儿子的家长。他总是对人笑脸相迎，问他累不累时，他的回答也很简单："我有工作，家人也都幸福，没有其他好奢求的了。"

问及他在意大利的生活如何时，他的回答就像哲学家一样："我不想因为自己无法选择的东西而受苦，那是我控制不了的事。我想好好选择自己所能够选择的，尽全力生活。**回家再晚，下班后的时光也能和心爱的家人一起度过，这样的生活对我来说就已经很珍贵了。**"

尼日利亚的朋友和菲律宾的朋友给了我意想不到的巨大启迪：不要抱怨自己最初无法选择的事情，这是最简单，却也是最非凡的真理。

让-保罗·萨特不是说过吗？"人生是B和D之间的C[1]。"是的，不要对自己无法选择的事情抱怨不休，要对自己选择范围内的事情深思熟虑，对自己所做的选择无怨无悔。自己的幸福，就由自己来守护吧。

---

[1] B 即 Birth 的首字母，意为生；D 即 Death 的首字母，意为死；C 即 Choice，意为选择。

09 活过，也创造过

梦想是快乐生活的养分。

小时候，我梦想成为时装设计师，如今虽然没有以我的名字命名的品牌，但时装界的各种工作我都做过，基本算是实现了梦想。当时的我也有过另一个梦想，那就是成为护士或慈善家，照顾生病的人和有困难的人。

成为时装设计师是利己性的梦想，是想要克服丑陋带来的自卑感而产生的梦想；成为护士或慈善家是利他性的梦想，是小时候接触了周围的困难人士时产生的梦想。

开始在时装界工作，考虑未来生活的规划时，我工作的地方——三丰百货店倒塌了[1]。一夜之间，我失去了工作，也失去了很多同事和同学。幸存下来的庆幸，对死难者的歉意……我感受到的情绪很多，并不是单纯的悲伤。"为什么那么不用心，做出这种徒有其表的工程？"如果负责修建大楼的人站在我面前，我想抓住他的衣领责问。

除了时装界里光鲜亮丽的工作，我想做的还有完全不同的工作。在大儿子重病时的手术室门前，我下定决心，日后要兑现向上帝跪许的承诺。于是我开始在福利机构做义工，就这样度过了50岁与60岁，还取得了照顾行将离世之人会用到的临终关怀资格。

听起来像是无私的奉献对吗？事实并非如此，这是我的爱好。奉献是为了别人而努力，而我纯粹是因为自己的喜好和意愿来到了福利机构。**去的路上很开心，过程中很开心，回来时也很开心，哪里还有这么好的爱好？**

做了二十几年义工，我明白了很多事。许多孩子生活艰难，却依旧怀揣梦想，且不只是说说那么简单，我应该为他们做些什么。

1　三丰百货店是曾经位于韩国首尔的大型百货商场，于1989年竣工，1990年开始营业。1995年6月29日，大楼发生倒塌，20秒内死伤1439人，是韩国历史上和平时期伤亡最严重的一起事故。

如果经济上有余力，我想成立慈善基金会，照顾那些被遗弃的孩子，但是目前我还只能给他们准备一些零食和玩具，所以今后要走的路还很长。而对于那些年纪到了，要离开孤儿院的青年，即使微不足道，我也想给他们提供帮助，给他们依靠。

俗话说："巧妇难为无米之炊。"目前还无法成立慈善基金会的我，只能尽全力帮助并开导他们，让他们不对自己的处境感到悲观，能够怀抱梦想，不断向前。如果说我曾经制作过美丽的衣服，那么现在我想为创造美丽的世界做出一点贡献。

诗人拉尔夫·沃尔多·爱默生在《成功的内涵》中这样写道：让世界变得更美好，然后离开，知道哪怕一个生命能够更畅快地呼吸是因为你活过，那就是真正的成功。

10 我的存在本身就是美丽

小时候,妈妈给我买新衣服时常说:"你太瘦,脸也太小,新衣服也很难穿得好看。"偶尔和哥哥吵架、哭鼻子,也会被说:"嘴巴大的女孩哭起来就像鲇鱼一样。"

每当听到这样的话,我都会想起安徒生的《丑小鸭》,撇嘴看着妈妈,心里暗暗决定:"我一定要变漂亮。从丑小鸭变成天鹅。"

初中升高中时,我想去校服漂亮的学校,但是严格的父亲说:"要把明淑培养成贤妻良母。"就这样,我进入了一所以校风严明著称的学校——那里的校服一点都不漂亮。我要成为从事帅气职业的潇洒女性,要从丑小鸭变成天鹅,完全想不出要怎么做贤妻良母，可还是只能顺从。

决定考什么大学时，虽然父亲坚持让我去一所女子大学家政系，毕业后马上结婚，但我考虑了很久，说："这次我要违抗您了。如果我没有考上，以后一切都会听您的……"带着这样的条件，我选择了一所女子美术学院，所幸最终我没有失败。（爸爸！虽然您是我尊敬和深爱的人，但是这段经历真的很让我郁闷……）

就读于美术学院的四年中，我努力寻找漂亮的衣服和饰品，尽情打扮。为了满足被困在校服里的初高中时期的渴望，从丑小鸭变成天鹅，我什么都想尝试，每天横冲直撞地生活。后来我留学结束，回到韩国，每天也都在忙碌中度过。

也许是因为心疼忙碌的女儿，母亲偶尔会来帮忙照顾我的儿子。我还记得那时母亲说的话："明淑啊，我看过你那些意大利时尚杂志了，模特们的嘴唇和你的很像。小时候你哭的时候我总是只能看到你的嘴巴，还担心自家女儿长得这么丑，去了婆家该怎么过呀。现在看来，我生下的女儿，很符合现在的流行趋势呢！"

"谢谢您，妈妈。您一定是早就知道大嘴女人也能被称为美人，于是才生下了这样的我。把我引向如今这条道路的，也是您的严格要求。"

虽然作为丑小鸭吃了不少苦，但也正是如此，我才坚持咬牙努力，铸就了现在的自己。即便这样，我也不希望如今的年轻人像当年的我那样，因为长得丑而被身边的人耻笑。加油吧，要记住：**你不是丑小鸭，而是充满可能性的小天鹅，你的存在本身就是美丽的。**

11 过庆典一样的生活

谁都无法完全脱离其他人独自生活，但是，萨特也曾说过"他人即地狱"。独自一人时常常能获得平静与安宁，和别人一起却总有力不从心的时候。

刚结婚时，长辈们就对我说："结婚后要抓紧生孩子。"刚生下第一个孩子，长辈们又说："得要两个孩子才好。"生下第二个孩子后，想着现在长辈们不会拿孩子做文章了吧，结果他们说："两个儿子不贴心，老了会孤独的，得再生个女儿。"

长辈们常常以一副看到你的人生走进了岔路、要告诉你人生秘诀的表情，一句一句指点不停。每到这时，我只想大声嘶吼，对那些长辈说："那你们轮流来帮我照顾孩子吧！"

不帮我给孩子们换尿布，也不帮我做断奶辅食，或者偶尔见面时，帮忙做点什么，此后就消失了的长辈们，为何如此爱管闲事呢？我生下的孩子，我会好好抚养。即使老了之后会孤独，那也是我的孤独。长辈们是不是因为生了很多孩子后反而很孤独，于是便跑来干涉我呢？

结婚前，我想要过不放弃梦想、只追求自我实现的人生。我的丈夫，也就是当时的求爱者，说："不生孩子也没事的。"婚后，他的态度却发生了变化。

不知是因为想要过和别人一样的生活，还是因为周围长辈们的不断催促，又或是羡慕养育了两个孩子的朋友们，长子出生后，丈夫要我再生一个孩子。我苦苦硬撑，最终还是屈服，又生了一个孩子，并且还是儿子。当然，被生活压垮的日子已经过去，如今我的生活很轻松。两个儿子都已经长大，走在自己的人生道路上，真是让人欣慰。

长大成人真是难啊！在世界日新月异的今天，我想对年轻人说：如果遇到那些仍然说着前面那些话的长辈，千万不要盲目听从。记得把握界限，若是长辈们没有越界，便可以好好听他们说。

各位长辈们，拜托了！如果感觉跟年轻人无话可说，那就谈谈天气，或者找找他们的长处，多多夸赞吧！

请支持年轻人，让他们能够愉快地走自己判断和选择的路。你们不是负责之人，也无须插手他们的分内之事。请正视不断变化的社会——生养孩子固然很好，但今天的人们有更多的选择，不要再以过去的观点为标准，指点不停了。

为什么非要把所有的年轻人放在规定的框架里呢？做不适合自己的事情往往是不会顺利的，请不要强行给他们带去不顺，让他们轻松自在地生活吧！

老一辈人像是做作业一样，循规蹈矩地生活，但现在的年轻人要过像庆典一样的生活。

12 父亲的训诫

我和小学二年级时的同窗见了面。那时我们住在同一个胡同里，凭着这特殊的缘分，度过了值得回味一生的友情时光。

这次见面，我们先去了已经离开了57年的小学。以前看起来那么宽敞的运动场，如今就像《格列佛游记》里的小人国那么小。我们像巨人一样走在操场上，曾经的记忆如同水彩画一般浮现在脑中。

小学二年级时，韩国发生了"四一九"革命[1]；小学三年级时，又

---

[1] 1960年4月，韩国第四任总统选举时发生了作票舞弊行为，导致韩国学生和民众发起抗议。由于4月19日是最大规模的抗议游行发生的日子，因此被称为"四一九"革命。

发生了"五一六"政变[1]。年幼的我并不知道这些意味着什么，但是看到班主任让我们收拾书包快点回家时的阴沉表情，内心就充满了恐惧。我竖起耳朵听邻居阿姨们和妈妈的交谈，虽然不知道详细内容，但还是能够看出有些可怕的事情正在发生。

这些童年的经历，造就了我内心的恐惧。我被关在恐惧的监狱里，就这样生活到40多岁。与附着于心底的恐惧做斗争时，我在印度哲学家克里希那穆提的一本书中偶然发现了这句话："**恐惧在心里，而非心外。**"

我恍然大悟：没有人能带我离开心中的监狱，除非我自己从里面走出来。我的心门上有一个把手，需要自己亲手转动。如果把手在心外，尚能够得到别人的帮助，遗憾的是，现实恰恰相反。只有主动放下心中的恐惧，我才能成为一个成年人。

逛完操场，我和朋友决定去我婚前住的小区。以前背着沉重的书包回家的时候，总感觉路途很遥远，现在和好久不见的朋友聊着天，不知不觉就走到了。46年前和父母一起居住的房子里，如今居住着陌生人。虽然生活于其中的人变了，房子的样子却几乎一

---

[1] 1961年5月16日，韩国陆军第二军副司令朴正熙少将发动军事政变，开启了韩国32年的军人执政时期，也为韩国经济的腾飞创造了条件。

模一样。故居还在原地，我的心中不知有多感激，欣喜之余，鼻尖也酸酸的。

一时间，思念和依恋之情涌上心头，无语凝噎。为了给家人提供安身之所，父母曾经勉力克服了多少困难呀！小时候懵懂无知，以为父母无所不能，缠着他们提各种要求，对此，我真的很羞愧。

伴随着对父母的思念，我突然想起父亲对我这个因貌丑而自卑、冒冒失失的女儿的教导。

"必须心怀善意，竭尽全力地生活。""真正的勇气是直面现实，而不是回避，要敢于自我反思，承认自己的不足。""任何情况下都不要冲动，明智之举是先停下来思考，做出判断之后再行动。""自处超然[1]，永远将自己置于生活的中心。"

"帮助身边有困难的人。""不要和没有吃过被眼泪沾湿的面包的人讨论生活。""不要被金钱所累，只知道追逐金钱是致命的。""一个人最宝贵的东西是高尚纯洁的爱。""负面经历既可能成为不光

1　朝鲜王朝时期的庆州首富崔氏家族世代以"六然"修身，以"六训"治家。"六然"即自处超然、处人蔼然、有事斩然、无事澄然、得意淡然、失意泰然。"自处超然"作为"六然"的第一条，意为"宁静致远，乐观豁达"。

彩的过去，也可能成为耀眼的桂冠，一切都取决于你如何升华。"父亲出身于贫困家庭，是家中长子，年少当家。直到他去世多年后的现在，这些话才真正触动了我。父亲曾劝我阅读美国诗人亨利·沃兹沃斯·朗费罗的《伊凡吉琳》和法国作家居伊·德·莫泊桑的《项链》，提醒我不要让生活的价值停留于物质或世俗，而要关注更高的层次。

忽然，我想请求爸爸的原谅。明明听着比任何圣贤的话都要更好的训诫长大，我却不知其价值，一直冒冒失失，真的很抱歉。如果人生能像录像带一样可以重新倒回过去，那该有多好啊。但人生无法重来，我反复念着已成为人生座右铭的祈祷文，转身离开旧居，回归现实：

"对于不能改变的事，请平静地接受；对于可以改变的事，请勇敢地改变。同时，也要有能够区分两者差异的智慧。""过好每一天，享受每一刻，接受苦痛是走向平和的必经之路。"

13 明淑己志

泡菜、辣汤、西红柿、意大利辣香肠、咖啡、绿茶、巧克力、提拉米苏、马卡龙、葡萄酒……这些是健康食品、长寿食品，还是能预防痴呆的食品？其实我是过敏体质，以上是我不能吃的食物清单。

韩国人居然不能吃泡菜，你能想象吗？家里的餐桌上总是有泡菜，小时候，我常常用水泡来吃，即使如此，最后还是得了口腔炎。也许和遗传有关，我的母亲也因为体质弱、抵抗力差而患有口腔炎，需要长期服用维生素。

神奇的是，我和丈夫第一次去意大利时，吃不到泡菜，症状自然消失了。后来，当我找来萝卜和白菜，为没有泡菜就吃不下饭的丈夫腌制泡菜，自己尝了几筷子之后，果不其然，口腔炎又发作了。

一次偶然的机会，我咨询了医生，令我哭笑不得的是，他诊断出我对辣椒过敏。什么，韩国人竟然没办法吃泡菜和辣椒酱，难道我是西洋人的体质吗？无论如何，我最终还是听从了身体的选择：如果身体不喜欢，就不勉强自己了。

如今是百岁年代，我们得生龙活虎，而不是病恹恹地活一百年。因此，从进入中年开始，我便经常买来与健康相关的书籍阅读。也是从那时开始，我爱上了四象医学[1]——想来那已经是30年前的事了！四象医学解决了我在现实生活中的问题，我也兴致勃勃地按照它所说的去安排自己和丈夫的生活。

丈夫是无论什么都要吃热食的阴性体质，炎炎夏日也得用棉被，一喝凉啤酒、吃冷面，马上就会闹肚子，因此酒得喝热酒，汤得喝热汤。平时他喜欢在房间里静静地看书，旅行地也偏爱有韩国餐厅或是能吃到米饭的东南亚。

---

[1] "四象医学"是朝鲜医学家李济满提出的体质医学理论，该理论把人的体质分为太阳人、太阴人、少阳人、少阴人四种。

而我是完全相反的阳性体质，体质热，常发烧，一般不会闹肚子。因为喜欢冰啤酒，所以如果去啤酒好喝的德国、英国、北欧，就会像在自己家一样安逸。不能吃泡菜，也不想念米饭。好奇心重，想做的事很多，想去的地方也不少。

适合阴性体质之人的东西对阳性体质之人来说就是有害的，反之亦然。在理解对方体质、不再吵架之前，我们浪费了太多岁月。通过学习健康生活的理论，我们甚至找到了夫妻生活方式的答案，那就是求同存异。

小时候，我一边把胡乱做好的衣服给娃娃穿，一边兴高采烈地哼着歌时，大人们总会说："哎呀，今天明淑因为'己志'很开心啊！"

"己志"就是"自己天生的意志"的缩略语，真是美好的词。如果我们能够在彼此理解的同时，也按照自己的意志自由生活，那该有多好。

Part 2

精打细算地安排二十四小时

时至今日,
我依然走在这漫无目的的路上。

14 我是YouTube博主

最近,我有些不知所措。作为所谓的人气博主,我每次出门都很是紧张。

"谢谢您做的YouTube视频。""我想和您合个照。""我也是您的订阅者。"因为永远不知道谁会在什么时候什么地方过来打招呼,所以每逢外出,我都要多检查一遍着装。即使遇到不愉快的事情,情绪低落,也会努力做出平静、温和的表情。

每每读到为我加油的留言,我都禁不住嘴角上扬,心中涌现出无限感激——无意中成了YouTube博主,居然收到了这么多称赞!

看到自己的话被曲解时，也会感到心痛。我是一个经历过世间百态的奶奶，因此才得到了大家的众多赞誉。这样的我更不应该被言语的利刃打倒，因此这种时候，我都会冥想一会儿，好好反思自己的不足。

听到称赞，我也会觉得不好意思：老一辈的人到底给年轻人带去过多少失望，才会让大家把"人生导师"这种过誉的称号给了我这种其实也没做什么的普通奶奶呢？很多老年人喜欢倚老卖老，对年轻人指手画脚，而我并没有这么做，因此才得到了大家的喜爱吧。

作为一名YouTube博主，我需要关注的话题也越来越多，对此不免有点担心。但只要认真思考，冷静审视，应该就能找到办法吧！

15 步行，在不能折返的旅途中

15年来，我每天步行一个多小时，不论雨雪，都会出门走走。"时至今日，我依然走在这漫无目的的路上。"系鞋带的时候，我总会自然地哼唱《游子悲伤》的歌词。

年轻时我讨厌走路，动不动就以太累为借口打车。但如今只要路程不太远，我都会选择步行。多亏了这一点，我走姿端正，背部笔直，经常被人说仪态看起来很好。

我的步行习惯源于一次生病的经历。15年前的某个早晨，我从床上起来，感觉从右侧骨盆到脚后跟像有蚂蚁爬一样痒，像针扎一样疼。怎么回事？我很担心，去医院做检查，被告知是脊椎前移症。

整形外科专家说："这是天生的畸形，并不罕见。年轻时往往看不出什么，随着年龄增加，症状会慢慢出现。"听到这并非是只有我才会经历的不幸事件，只觉得略微有些郁闷，专家却警告说："如果脊椎错位，可能导致下半身麻痹，也可能需要手术，将钢钉钉在脊椎上。"

我很不安，神经紧绷，问医生是否真的能痊愈。专家表示这种疼痛无法完全消除，只能通过加强腰部肌肉予以改善。例如端正走姿、坐姿，不要抬重物，不要以同一个姿势久坐，不要跷二郎腿。并且，还要避免长途飞行！

终于有时间能够外出旅游，却被告知这样的消息，我十分沮丧。"但是你可以每天坚持走路。这样腰部肌肉变结实，痛苦也会有所减轻。"听到这个建议后，我便开始了保持至今的步行习惯。

为此，我首先整理鞋柜，把能够凸显气质的高跟鞋全部拿出来，送给了和我同样鞋码的人，甚至还附赠了适合搭配高跟鞋的裙子。然后我处理掉用了7年的车，把卖车的钱寄去非洲，希望能给无父无母的孩子建造一个家。

我还物色了家附近可以轻松步行前往的场所。由于走路时有很多事情没办法做，考虑过后，我决定选择地铁加步行的方式，在目的站前两站下车,再步行30分钟左右,返程时也是一样。就这样,我养成了每天步行一个多小时的习惯。

15年来的步行习惯使我的腰部和腿部肌肉变得紧实,身子变得挺拔,也能长途旅行了。散步时晒太阳的习惯同样让我的骨质疏松和失眠的症状有所好转。2017年春天,我和意大利朋友一起去西班牙古城圣地亚哥-德孔波斯特拉旅游时,每天甚至能步行八个小时。

果然,我的座右铭是正确的:**把障碍变成垫脚石,无怨无悔地前行!** 毕竟,人生不就是一场不能折返、无法重来的旅行吗?

16 在阳光下发呆

难得没有日程安排的上午,我坐在客厅的角落,调整到最舒服的姿势,什么都不做,只是发着呆,享受阳光。

我想起了一则古希腊哲学家第欧根尼的轶事。当亚历山大大帝找到第欧根尼,要求他说出自己的愿望时,他回答说:"不要挡住我的阳光,请往旁边让让。"坐在阳光下发呆的这一瞬间,我似乎理解了他。

"抛弃了无谓的欲望,满足于现在这一瞬间,享受着,过着无愧的生活,这就是幸福。" 第欧根尼的话触动了我的心。

据说，人在发呆时会释放特殊的脑电波，能够改善情绪，减轻压力，让疲惫的身心得到恢复。头脑混乱时，试着让自己转换成无念无想的状态，悲伤、愤怒等情绪也会平复。

呆呆地望着篝火，静静地凝视着树林，默默盯着流水，细细倾听周围的声音，再晒晒太阳，这便是最简单的发呆。

短暂地在阳光下发呆，拂去堆积在花草枝叶上的灰尘。灰尘一扫而光，绿意盎然，感觉身心都得到了净化。

曾经有过以秒为单位拼命工作的时期。那时上下班都很忙，一点发呆的时间都没有。但是现在能看到、感受到每时每刻变化的阳光，清晰明了，啊——真幸福！

17 管理时间的人

也许是出于好奇，最近媒体纷纷发来采访请求，我没有全部答应。把生活细节全都暴露给外界，这不符合我的性格，也会让我被不情愿的紧张情绪困扰。

看到与我本身的样子和想法有出入的报道，难免会有些在意。其中有一个词潜入了我的内心，使我无法释怀，那就是——"与时间赛跑的人"。虽然很感谢专门为我写报道的记者朋友，但这个表述还是让我感到有些不舒服。

我不是与时间赛跑的人，而是管理时间的人。三四十岁时，我是两个男孩的妈妈，一个男人的妻子，父母的女儿，老人家的儿媳妇，大学教授，舞台服装设计师，时装设计师，时装顾问，时装专栏作家，服装公司顾问，百货商店顾问兼买手，等等，同时履行着很多职责。想做的事情很多，好奇心重，只能把时间掰开用。

上午在大学讲课，下午为检查服装设计效果而去国家大剧院看演出彩排。又或是上午去公司上班，检查下一季新品，下午去大学讲课，都是很常有的情况。

多亏了忙碌的生活，我像出租车司机一样了解首尔的街道，甚至知道哪家公司的压缩饼干更符合自己的口味——没时间吃午饭的我，经常在车里吃容易填饱肚子的压缩饼干。

身为夜猫子，熬夜对我来说并不难，但是天还没亮就要起床真的很折磨人。我严格按时间表办事，经常睡眠不足。但这样忙碌生活着的我，一次也没有抱怨过没时间，反而觉得自己是时间的主人。

快递服务不发达的年代，下班路上我的双手总是不得空。即使制订了一周菜单和购物清单，也很难应付两个成长期儿子的饮食需求。"**怎样才能好好管理时间，实现效率最大化呢？**"

慎重思考后发现,当我开心地东奔西走,完成了许多任务时,就会感到非常高兴。**因此,对于被赋予的角色,我必须比任何人都竭尽全力。我以这种自豪感鞭策自己,享受着这样紧张的生活。**

不管是富人、穷人、女性、男性、孩子还是大人,每个人都会被公平地分配到"一天"的24小时。"昨天去世的人最想念的明天就是今天",今天我也在思考如何有效率、有质量地度过一天的24小时。

喜欢的韩国诗人皮千得在《因缘》一书中说:"伟大的人创造时间,平凡的人被时间掌控。"我虽不伟大,却是自己时间的主人。

因此,我并不是急着与时间赛跑,只是精打细算地利用时间,充裕自己的人生,做时间的主人罢了。

18 用五感探索日常生活

在阳光下散步一小时,喝上200毫升啤酒,这是味觉上的满足。

结束一天的工作,洗个热水澡,穿好新睡衣躺在床上,摸着新换的床单被罩,这是触觉上的满足。

距离目的地还有很远,又遇上了堵车,但是车载广播正好播到了自己喜欢的音乐,这是听觉上的满足。

打开杂乱的衣柜,像小时候第一次买蜡笔一样,从亮色开始,逐渐整理到暗色系,这是视觉上的满足。

路过家附近的咖啡厅，闻到咖啡香，想起米兰令人思念的咖啡厅，这是嗅觉上的满足。

听觉发达，听好听的音乐就会变得愉悦，对噪音的反应也会更加敏感；嗅觉发达，闻到芬芳花香时会嘴角上扬；味觉发达，吃美食时心情就会变好。

幸福，会在五感得到满足的时刻悄然而至。日常生活中只有多关注身体，了解自己哪种感觉最发达，才更容易感受到幸福。不能凭空想象，要亲自用身体去探索、去感受生活中美好的一切。

还有一件很重要的事，那就是实践古罗马诗人贺拉斯在《颂歌》中所说的"carpe diem"，**也就是活在当下，不错过每个瞬间的感觉。**

做完弥撒的上午，久违地发了一会儿呆。阳光从已经长到天花板的垂榕中间照进来，枝叶在客厅墙壁上玩影子游戏。看着这棵树，此时此刻，我的视觉正感受着喜悦。

加上喜欢的音乐，听觉也会感受到愉悦，再加上喜欢的茶香和咖啡香，嗅觉和味觉同样享受着快意……

随着年龄的增长，我开始容易失眠，于是很少再喝茶或咖啡了。虽然失去了茶香和咖啡香带来的味觉、嗅觉享受，但我依然能够满足于现状——**五感的享受和满足固然能带来幸福，知足也是获得幸福感的一种方式**呢。

19 初次约会也要打包

那是刚高中毕业的二儿子第一次约会后回家的晚上。下班后,我打开冰箱一看,里面有热门炖鸡店的包装袋。我叫来二儿子询问,他说炖鸡没吃完,打包带了回来。

俗话说,种瓜得瓜,种豆得豆,孩子果然是以父母为榜样长大的。我忍住笑问二儿子:"第一次约会,你打包了剩菜回来?"他说:"妈妈不是经常让我打包剩菜嘛。丢掉太可惜了,这跟丢掉钱没什么两样。干干净净地打包好,明天吃就行了。况且这是第一次约会,我没吃多少,所以就带回来了。"

我有些担心地问:"你的女朋友难道不觉得这很丢脸吗?如果她觉

得这样不好，那怎么办？""如果她觉得这样不好，那我们就不合适。她必须理解这些，我们才能成为长久交往的朋友。"这个过于简单明了的回答，让我瞬间愣住了。

偶尔出去吃饭，我会点正好吃得下的量，如果有剩菜，就会拜托服务员打包。曾经对我这种行为感到不满的二儿子，竟然在第一次约会时做出了和我一样的举动，我笑出了声。

想要搞清楚节约和穷酸的分界线，我重新回顾了自己的生活。我在勤俭生活的奶奶和父母的影响下长大，扔掉还能吃的食物是想都不敢想的。不仅是食物，物品也是，一定要物尽其用。

"地球上还有许多饿死的孩子，三餐都能吃饱的我们要心存感激。"经常在饭桌前听大人们这么说，于是我养成了碗里不留剩饭的习惯。

在意大利留学期间，这种习惯更是得到了加深。意大利人按照自己的食量盛饭，吃得一点不剩，甚至要用面包把碟子底的酱料蘸干净，这让我意识到古今中外都有不浪费粮食的传统美德。

刚到意大利不久，还处于适应期的时候，我去一对结婚不到一年的新婚夫妇家里玩。我理所当然地以为他们所有的家具都是新的，结果并非如此，他们的家具竟都是从两家父母或祖父母那里继承来的。

"复古风很流行，但比起购买不知道是谁用过的二手货，这不是更有意义嘛。况且我们只想在必要的地方花钱，如果有闲钱，更想用来享受各种生活的乐趣。"他们这样告诉我，而我也认识到了俭朴生活的价值。

因为二儿子约会当天的行为，我想起了很多过去的事，有了很多新想法。

不制造垃圾，不浪费粮食，用尽物品的全部价值，实践零浪费的人生。只要改变吃喝以及消费的态度，我们的人生，我们的地球会不会变得更加美好呢？

20 不遗弃植物

我家有很多岁月久远的植物：33年的垂榕、40年的波士顿蕨、38年的肯蒂亚棕榈树、40年的绿萝，生二儿子时买的台湾橡胶树也有近40年历史了。

它们大部分是我从路边捡回来的，还有些是收到的礼物。我把店家停业后丢弃的花盆带回来，栽种这些植物，一直养到现在。遗弃植物与遗弃动物一样，也是我们要重视的问题。

有些人觉得能把植物养得这么好是一件很厉害的事，向我询问培育植物的秘诀。在我看来，养植物和养孩子一样，不需要过分关注，只要给予适当的关心，植物就会茁壮成长。

并不是所有的植物都喜欢阳光和水。有些植物需要在阳光充足的窗边生长，还有一些植物适合阴暗的地方，要根据植物自身的特点来培育它们。

想要养好植物，需要适当的花盆和适当的养分。如果花盆太大，根就会长得过多，而且会过于潮湿。如果花盆太小，植物便不能吸收到足够的养分。**植物也像人一样，在恰好适合自己的空间里才最舒适。**

要定期让植物晒到太阳，吹到风，每个季节的温度和湿度都不一样，也要根据环境定期为它们浇水。

煮肉前用凉水泡出来的血水、淘米水、洗酸奶杯的水，这些都是我培育植物的独家养料。

叶子会朝着阳光的方向生长，为了不让植物向一边倾斜，要多转动花盆。剪掉因没有阳光而变黄的叶子，因为枯叶只会影响其他叶子生长，得不加留恋地剪掉。

植物也会听到声音。据说，美国科学家多萝西·雷塔拉克会给南瓜听古典音乐，她的南瓜藤是在乐声的环绕中长大的。所以我常常跟植物聊天，抚摸着叶子，进行情感交流。

"哎呀，大家过得好吗？""让我们好好相处吧。""今天你更漂亮了呢。"如果常常对植物说动听的话，它会长得更好。

和我相处已久的植物知道我的喜怒哀乐。即使我离开人世，也希望它们能够长久地活着。想到这里，我就不禁好奇，以后谁会来养育这些植物呢？在离开人世之前，我是不是应该把它们送给能好好照顾它们的人呢？

21 整理后,生活也变得简单明了

爱上整理是因为初一时喜欢的班主任说的一句话:"如果鞋子整齐地放在门口,小偷就会驻足不前。如果房间里的所有东西都很整齐,小偷就会因此紧张——他知道如果偷了东西,很快就会被主人抓住,因此就会转身离去。"

从小,我只有好好排好队心里才会舒服,只有整理好东西才能安心。养育孩子的时候,我也没有把屋子弄得乱七八糟。学到通过整理让孩子的心理状态变稳定的育儿方法后,我开始更加努力地整理孩子们的房间,甚至有些强迫症。

为了预防老年痴呆,物品以外,我也开始试着整理身边的一切。

听说预防痴呆症的最佳方法就是有规律地、简单地生活,随时感到愉悦,多活动,及时排解消极、抑郁的情绪。

但即便不是为了预防疾病,我也会整理好一切,只有这样才能获得安全感。从家中的角落一直到人际关系,我开始了慢慢地整理。清空不必要的东西,只留下人生中必要的。

从厨房用品开始,然后是步入老年后穿不了的衣服、作为关节天敌的高跟鞋,我还整理了派不上用场的家具。

接下来是人际关系。**对于让我动摇的人,让我不舒服的关系,每次都重复同一个话题的聚会等,我都进行了整理。**

此后,我便能抽出时间,专心学习自己想学的事物,开拓一些想发展的关系。

我以一种不易被察觉的方式慢慢疏远了一些人,摆脱不必要的冗繁的人际关系。但是,对于我帮助的孩子们,我不会"整理"和他们的关系。

更进一步地,我还整理了自己的人生态度。我列出了自己认同的做事习惯,改掉了一些会毁掉我的态度,还排解掉了对一些扫兴之人的厌恶情绪。

像这样，按照自己的标准把物品、人际关系、人生态度等构成完整自我的所有要素都整理好之后，生活也变得简单明了。如果按照他人制定的标准进行判断，可没有那么舒服和美好。

有人觉得扔掉东西太可惜，也有人患有囤积强迫症。系统地收集自己喜欢领域物品的收藏家和单纯执着于囤积物品的强迫症患者是有区别的。处于压力和抑郁状态之中的人，从小有着过度的执念、内心空虚的人，他们对物品的占有欲非常强烈。

每当我遇到这样的人时，就会被勾起想要整理的欲望。物也好，人也好，心也好……我想帮助他整理好一切，我想让他知道，整理好之后，他的生活会有多轻松，有多不一样。我想将我所知道的告诉别人，但他们似乎仍然没有想要开始整理的样子。

即便如此，总有些东西是很难下决心扔掉的。每到这时，我都会算算自己剩余的生命时长，说服自己不要沉迷于囤积和占有。

22 有条不紊的一天

《瓦尔登湖》的作者、思想家亨利·戴维·梭罗说:"能与自己好好相处的人,才是内心足够强大和丰富的人。"

退休后有了闲暇时间,我找到了与自己好好相处的方法,顺从心意,愉快地生活。

早上醒来,以祈祷开始新的一天。早晚两次测量体重,这是从婚前延续至今的习惯,如果体重有增加,就减少食量。喝一杯水,边看早间新闻,边做20分钟伸展运动,这有助于管理身材,同时还能保持敏捷性。运动后吃早饭,通常会吃酸度低的水果,摄入鸡蛋和热牛奶来补充蛋白质,也会吃燕麦饼干。

即使没有什么必须要出门去做的事情,每天下午我也会外出。我会像上班一样保持适当的紧张感,搭配衣服,做好准备。因为适当的紧张有利于身心健康。我会时刻注意穿着精致,这样即使突然需要出门,或者有意外的变数发生,也可以从容不迫。

晚上我通常这样度过:回家后收拾整理,吃简单的晚饭。做20到30分钟的伸展运动,然后工作。淋浴后慢慢涂抹身体乳,适量使用护肤品。睡觉前也不会忘记祈祷。

每天我都会精读报纸,用心照料植物朋友,及时整理不必要的装饰品。家里没什么杂物,打扫起来也容易。

每天都会做的事是参加弥撒和散步。为了参加弥撒,我会在规定的时间里起床,走路往返一个小时,晒晒太阳。这些习惯能给我带来心灵的平和。

可能的话,我每周都会读一本书。每周中拿出一天,完全用于其他人。通常我会去赞助的组织看看孩子们,仔细倾听并帮助那些发出令人心痛的声音的人。我每个月去看一到两次展览,享受视觉盛宴。每个月参加一到两次音乐会,丰富听觉。

能够制订出符合自己情况和处境的日程,人生有了秩序,我感到非常满意。不制订超负荷的计划，就会减少慌乱中的失误。**只做必须要做的事情，度过有条不紊的一天，不被无谓的情绪所左右**。最近，我反复祈祷的主题又增加了一个："请让我不要麻烦任何人，静静地离开这个世界。"

我的老年日常工作态度就是这样。归根结底，最重要的是照顾好自己的健康。我想保持尊严，富有成效地生活到最后一刻，不打扰我周围的人。所以今天，我仍在日常生活中保持着自己的系统和节奏，让身心和谐健康。

23 生活，怎么过都好

"YOLO"一词一度席卷了韩国。这是"You Only Live Once"的缩写，意为"人生只有一次"。现在这个瞬间很快就会过去，遥远的未来很快就会到来，所以在为未来和养老做准备的同时，也要好好享受当下的瞬间！说起来容易，实际做起来却非常难。

父母都希望帮助子女自立，找到自己的路，然后再考虑养老，去过安稳的生活。然而，这样的理想生活形态真的能实现吗？毕竟依赖父母的啃老族很多，出于各种原因给子女带来负担的父母也不少。

最近，我常听到的另一个词是"FIRE"，它是"Financial

Independence Retire Early"的缩写，意为"财务自由，提前退休"。FIRE族追求的生活价值是解放、自由和拥有主导权，40岁左右，如果确信自己攒下了够用一辈子的钱，经济无忧，就会毫不犹豫地从现有的职位上退休——真是有梦想的人。

但是在40岁左右攒下未来25年的生活费之后便放弃工作，追求属于自己的生活，这有可能吗？真的值得提倡吗？在如今这样的百岁年代，只攒未来25年的生活费仍然让人不安。

想要享受真正的自由，经济、肉体、精神上都要能够独立。那么，到底需要多少生活费，才能过上朴素又不失体面的生活？

曾经是银行职员的父亲多次向作为子女的我们强调经济观念。"赚1000韩元[1]，花1200韩元的人生总是亏损的。但赚1000韩元，花800韩元的人生总是盈利的。""一旦提高生活水平，就很难减少开支。只有经常存钱，勤俭地生活，老年生活才不至于凄惨。""比起为了赚钱而对弱者刻薄，对强者屈从，不如堂堂正正地挣钱，开源节流，本分地生活。"如今我才体会到，父亲的教诲能引导我走向真正的自由。

---

1 约合人民币5元。

对于YOLO族，重要的是做好养老准备；对于FIRE族，重要的则是控制消费。如果能够独立解决衣食住行的问题，对社会没有损害，作为健康的社会成员生活，谁又能对他们指指点点？正因为有了这些想法独特、个性鲜明的年轻人，社会才会变得更加多样和精彩。

我支持所有人的生活形态。毕竟生活没有什么特别的，不就是饿了就简单吃点东西，冷了就穿暖和点，热了就穿凉快点，想睡觉的时候就睡个舒服的觉吗？

24 "我那时候……"

最近,"拿铁"成了流行语。那些常说"我那时候"的人被称为"老顽固",而韩文中"拿铁"与"我那时候"的发音相似,所以"拿铁"也顺势成了一个用来讽刺人的流行词。

"老顽固"指的是凭借年龄和权威凌驾于年轻人之上、倚老卖老的年长者、前辈、上级等。在地铁里叉开腿坐着、不考虑身边人的大爷,总是自说自话、将自己的意志强加给别人的大妈,都属于此列。

"老顽固"一词的来源鲜为人知。有人认为,朝鲜王朝末期,欧洲的贵族文化通过日本传入朝鲜半岛,公爵、侯爵、伯爵、男爵等西方贵族称谓也随之传入，意为"伯爵"的法语"comte"被改为日式发音，就成了"老顽固"；也有人认为"蚕蛹"的方言发音是这个词的来源。

之所以对这个词感兴趣，是因为如今我也到了可以被称为老顽固的年龄。

以前理所当然地把年纪大的人当成是恭敬和信赖的对象，困难时能为我们提供智慧和解决方案，在他们身边便能感受到安心和温暖。原本他们像是能为我们挡住狂风的篱笆，但不知从何时起，沦落成了碍手碍脚的存在。

怎么会走到这种地步呢？长辈对年轻人的指手画脚使年轻人感到厌烦，这么看来，长辈不先做出让步是不行的呀。阅历丰富的人应该做的不是指手画脚，而是指点迷津。

长辈应该与年轻人保持平等关系，如果为了维持某种上下关系而倚老卖老，就会变成老顽固。我看到那些说"我那时候……"的人，就会想问："所以，那又怎样呢？"

长辈不应该总把"我那时候"挂在嘴边，不要插手年轻人的事情，不要把所谓的经验强加给他们，他们会走好他们自己的路。长辈要做的是专注于提高自己的洞察力、包容力和预见力，培养恻隐之心。如果年轻人做了错事，感到后悔，默默伸出手，给予他们温暖就好。

对于"长幼有序"这个词，如果只是用它来表示年轻人的顺从，那就过时了。把它理解为"老人为年轻人树立榜样，年轻人看到老人的优点，心有所感，主动学习和效仿"，不是更好吗？

长辈和年轻人相互尊重是件好事，尊重是一种东西方都热爱的美德。

25 把钱花在让自己开心的事情上

"给我点吃的吧。"小时候,早上唤醒我们家的,是战争孤儿的哭声。

1950年爆发的朝鲜战争,产生了10万多名战争孤儿。那时我还是个孩子,对世界一无所知,不知道他们为什么会穿着破布,用脏手拿着罐子,挨家挨户乞食。

祖母是虔诚的佛教徒,会给他们送上热饭,还常常说"佛祖在看着"。想到自己的一举一动都在被注视,我感到有些害怕,却也因为佛祖在看着所有人而安心。在祖母的影响下,父亲也视帮助有需要的人为最宝贵的美德。

"'积善之家，必有余庆'，意思是积累善事的家庭中一定会有好事发生。如果希望子孙后代能够有福，就应该慷慨帮助有困难的人。施舍人钱财的时候，也要用双手恭敬地递给别人。"这句话听得我耳朵都长茧子了。

或许是因为在这样的环境中长大，从进入社会、开始赚钱的那一刻起，我就开始定期向慈善组织捐款。事实上，我也不是没有私心——潜意识里，我相信帮助别人，会为自己的子女积福，至少不会让他们遭遇太多坏事。

有位前辈对我说："退休之后就只能打高尔夫度日了，一起去学高尔夫吧。"我不好意思地笑了笑，自言自语道："我想把花费在高尔夫球上的金钱和精力，以自己的方式，用在其他事情上。"

我想给需要关怀的孩子们留下美好回忆，抹去因为遭到亲生父亲的性暴力而无法摆脱可怕记忆，不断用剃须刀自残的少女手腕上像松毛虫一样的痕迹……而不是打一天高尔夫球。

缩减享用大餐的开支，给遭到父母抛弃而产生心灵创伤的儿童做心理咨询。少一点非必要的消费，用攒下来的钱为一个先天唇裂的孩子做手术。穿着名牌衣服的喜悦，怎么能和孩子的灿烂笑容相比？

有一天,我读到一条来自我帮助过的孩子们的留言,久久不能平静,把手放到了胸前。

"您好,Nonna[1]!我们是你的粉丝,在您的关心和帮助下长大。小时候,您为我们过生日,有时生日当天无法见面,也会打电话来祝福我们。您带我们去乡下玩,摘草莓和葡萄吃,散步,我们度过了像盛夏的梦一样幸福的时光。记忆中,Nonna总是很温暖,给我们带来了幸福。为了把我们得到的这份爱传递给别人,我们会保持乐观积极的心态,继续努力,幸福地生活下去。"

我做了什么,竟能得到如此的幸福。深呼吸着,感恩之情从心底涌出。

有些钱花在追求潮流上,如打高尔夫,有些钱却能为身边的人带去力量。用省下的钱帮助有需要的人,让他们能够像普通人一样生活,我喜欢这种能做出奉献的人生。

1　意大利语中"奶奶"的意思。

26 命中注定的相伴

1995年冬天，我刚刚下班回到家，二儿子就急忙开门大喊："妈妈，我终于找到了像我的分身一样的小家伙！"小学五年级的二儿子和他的朋友满怀期待等候着我的神情，如今仍然历历在目。

当我们三人走进当地一家宠物店时，店主说："你们终于来了。"想象着放学后两位小朋友用鼻子紧贴宠物店橱窗，寻找自己喜欢的小狗时的样子，我不禁笑了出来。

当天我们就收养了一只约克郡犬。这只仅有三百克重的小狗刚到家就开始腹泻。"它太小了，很难救活。"带它去当地的宠物医院，医生说它好像是染上了什么传染病，如果继续腹泻就会脱水，生命岌岌可危。

唯一的治疗方案就是输液。此后的10天里，我重复着上班前把小狗送去宠物医院，下班后再把它接回家的日程。重三百克的小狗瑟瑟发抖的样子很让人心疼，于是我用棉被裹了又裹，好让它暖和起来。

坦白说，我对动物没什么特殊的感情。但和肖恩一起生活之后，我慢慢喜欢上了所有的动物，还开始将零用钱捐给流浪狗收容所。

"肖恩"是领养时二儿子给小狗取的名字。幸运的是，肖恩在那之后再没得过病，顺利地长大了。狗的寿命一般是10到15年，不知是不是因为我们无微不至的照顾，肖恩在享受了17年8个月的宠爱后才离开了世界。

这小家伙最后的生命历程也很像一部电视剧。据说狗在将死之时会独自躲起来，但肖恩一直在公寓里，无处可去，加上它有白内障、关节问题等不可避免的老化症状，连路都走不动了。

从领养初期开始就一直照顾肖恩的兽医向我们如实说明了它的情况："在弱肉强食的世界，动物们只要表现出生病的样子，就会被吃掉，所以它们会咬紧牙关坚持下去。这种状态太痛苦了。"最后他小心翼翼地说出了"安乐死"这个可怕的词。可它明明吃饭吃得还很香,我们怎么忍心选择结束它的生命?

此后我像对待两三个月大的婴儿一样抱起它,帮它垫尿布、处理大小便,尽心尽力地照料它。我甚至在想,这一生中还有让我如此这般小心翼翼对待的对象吗?

但是肖恩的老化症状越来越严重,兽医再次建议安乐死。"这不是夺走它的呼吸,而是帮它停止疼痛。"听了这番话,我们暂且定下了实施安乐死的日子。但在前一天,我又打电话给宠物医院,希望能多陪肖恩一会。

炎热的天气里,开着平时不怎么开的空调,我极为爱惜地又将肖恩在身边多留了一个月,盼望在这段时间里,生命能够自然地结束,甚至因此不得不和兽医重新安排安乐死的日期。随着约定时间的临近,我的内心十分痛苦,到了约定日期的前一天,能做的只有双手合十祈祷。

"上帝,你创造并赐予我们的生命,就不能以停止痛苦的名义,自然地收走吗?"

"肖恩,你作为狗狗出生在这个世界,在我们家过得很好,今天就去天堂好吗?妈妈会帮你祈祷的。我们一家人用爱呵护你,你也是知道的吧?"

是命运还是巧合?祈祷的那一刻,肖恩安详地闭上了眼睛,留我独自消化着内心的痛苦:为什么要让势必会先走一步的肖恩来到我们身边让我们这么难受呢……整理着肖恩的遗物,我甚至有些埋怨二儿子。

"肖恩"的意大利语是"consòrte",意为"伴侣"。"con"指"一起","sòrte"意为"命运",合起来就是"命中注定的相伴"。

27 旧物背后的故事

每年秋天,我都会在乡下的院子里举办旧物分享会。这是我年过花甲之后开始的年度例行活动。某一年请来了大儿子的朋友,某一年是二儿子的朋友,偶尔还有朋友的女儿、儿子、后辈,丈夫过去的学生……大家聚在一起,分享旧物。

去年秋天,我邀来了二儿子的朋友,一共七对年轻夫妇。我们在村里的饭店吃午饭和晚饭,回家时,我把整理好的农产品和从旧房子里整理出来的东西抱给他们。奶奶用过的朝鲜王朝末期的漆器转给了设计专业对旧物情有独钟的后辈,母亲早年用过的玻璃制品给了大儿子学习美术史的同学。

年轻的心是美丽的,想到这里我欣慰地笑了。同时,鼻尖也有些发酸。年轻人开心地拿走蕴含着老人故事的旧物品,只是单纯地感激我们,却并不知道物品背后的故事。

把衣服送给别人时,我会进行属于自己的仪式。挑选好的衣服,送去洗衣店,或者亲自手洗,在阳光下晾晒,然后熨烫整齐。在此过程中,我与衣服对话,向它们表达一直以来的感激之情。

看到从前和某人约会时穿过的衣服,我会想起那段美好的时光,以及当时年轻的自己。"是啊,我曾经年轻过,努力生活过,现在要进入人生的下一章了。这就是生活。"

就这样向曾经包围我身体的无机物,以最大的礼遇道别。然后用简单利落的方式包装,也不忘写一张简单的卡片。

我不知道自己什么时候会死,从现在一直到生命的最后一刻,我只需要一些用来遮蔽身体的衣服。我不再执着于流行的款式、合适的穿搭,只留下最基本的衣服即可,人生不能再轻松了——这便是我把那些旧物分享出去时感受到的轻松。

下次旧物分享会要邀请谁来呢?谁会拿走蕴藏着某个故事的东西呢?我已经开始期待了。

Part 3

越简单，越舒适

体力差到连包都拿不动，
为什么还要外出呢？

28 灿烂地老去

"颐养天年。""在田园里悠闲地度过晚年。"年轻时，每当在报纸或其他媒体上看到这样的文章，我心里总是很不舒服。

不喜欢"晚年"或"田园"这些词语中流露出的慵懒、怠惰、疲惫和无聊，就好像老年生活没有生产力、没有价值，只是准备死亡的过程。看到这样的文章，我的心情总是非常复杂，然后不断对自己说：我绝对不要过毫无意义、毫无价值的晚年生活……

我下定决心，即使社会把我推开，我也得找一份力所能及的工作，让自己动起来，不虚度死亡之前的时光。

下过这样的决心的我,现在已经到了被称为"晚年"的阶段,成了养老金的受惠者,到了能够免费乘坐地铁的年龄。我是不是在按照自己年轻时的决心生活呢?我可以慎重而负责地说:是的。

我按照自己的节奏起床,慢悠悠地吃早饭,听新闻或音乐,优雅闲适。选择符合自己口味的一蔬一饭,也能够有弹性地调整时间安排。无论是音乐会、展览还是旅行,都能够随心所欲地享受。

不需要看任何人的眼色,尽情体验被义务和时间追赶的过去没来得及做的事。年轻时一直渴望能够自由支配每天的24个小时,觉得没有什么比这更好了。现在我真的成了自己人生的支配者,成了自己人生的主人。

有人把"老年"称为"晚年",这难免让人觉得老年人都是无所事事的。其实,所谓的晚年不只可以躺在沙发上无精打采地摆弄遥控器,而是只要下定决心,什么都能做的人生阶段。

只要身心健康,晚年就是人生最灿烂的时刻。只要你想,就能静静坐着,享受一整天的阳光。这样的生活,难道还不够耀眼吗?

29 新衣瞬间成破烂

不久前，我看到了一些让人心情复杂的新闻。报道说，一个看起来举止端庄的人，因为无法克制对名牌产品的购买欲，在百货商店犯下偷窃之事，当场被抓获。也有报道说，有人盗用公司资金只为购买名牌衣服和所谓的奢侈品，最终被捕。

你可能会感叹"何以至此，真可怜"，然后便抛诸脑后了，我的心里却一直很悲伤。贸易自由化后，作为意大利名牌服饰的推广者，看到这样的报道，我比其他人更加难受。

每当我目睹执着于流行奢侈服饰的社会的弊端时，就会感觉衣服并没有让我们的日常生活变得愉快，而是毁掉了人们，心里很不是滋味。

有些年幼的学生对父母买的衣服不满意，不惜做性交易来赚钱，以此购买想要的名牌。第一次听闻这种事，特别是得知他们这么做是为了购买我推出的品牌服装时，我的心情非常复杂，负罪感很重。

听到自己资助的一名学生为了做性交易从孤儿院溜出去时，我感到很无助。听到有父母因为经济问题打算弃养孩子的悲惨故事时，我支持了一小笔钱，也给予了所能给予的关心和爱护。后来得知他们还是抛弃了孩子，我感受到的是背叛。

为了购买高价名牌服装，不惜偷窃或者出卖自己最珍贵的身体，看见这样的世态，我的心情陷入了混乱之中。混乱演变成无尽的疑问，疑问的尽头是：衣服是什么？名牌又是什么？

服装从业者中，有人自嘲地称衣服为"破烂"。如果出货季节不能正常销售，就要打折；即使打了折库存也有剩余，就会举办清仓处理活动，低价抛售。原本干干净净挂在卖场里的衣服被丢在清仓甩卖的摊位上，乱糟糟地堆成一团。

卖不出去的曾经的新品，就这样沦为"破烂"：既被称为"新品",又被称为"破烂",衣服到底是一种怎样的存在?为什么能让人瞬间抛弃人类最重要的品德之一的正直呢?

不是普通的衣服,而是所谓的名牌服装把珍贵的生命引向灭亡,让他们辜负身边所有关心自己的人。这样看来,名牌就是魔鬼。

天气热的时候,轻薄的衣服能让我们感到凉爽;天气冷的时候,厚实的衣服能为我们带来温暖。

如果我说衣服只是人类生活基本需求的"衣食住行"中的一个要素,听起来会不会像是以服装从业者身份度过一生的人为了抵消自己负罪感的辩解呢?

30 我喜欢有情绪价值的衣服

"请问您喜欢哪个品牌?""请问您喜欢什么样的衣服?"这是熟悉我经历的人问得最多的两个问题。

"我穿衣服不看品牌,只考虑自己的喜好和实际需求。比起品牌特质明显的衣服,我更喜欢能够突出我的特质的衣服。"

最终我还是把这个回答放在心里,转而谈论与时尚领域相关的内容。

但是当我被问及喜欢什么样的衣服时,就会想:"啊,终于可以以放松的状态,和这位谈谈我的成长经历、兴趣爱好和内心关于衣服的真实想法了。"心情也变得柔和，生出"应该好好回答这个问题"的使命感，对这样提问的人也感到亲近，大脑和舌头都活跃了起来。

如果问我喜欢什么品牌，我会回答"阿玛尼穿得比较多"，但是一定会加上"以前，还在工作的时候"这样的话。也就是说，那已经是过去式了，现在的我已经不再重视服装品牌——让自己成为名牌不是更好吗？

20世纪90年代初，韩国走上国际舞台之前，我作为时尚顾问，需要频繁面会欧洲各大知名品牌的首席执行官，这种时候，我通常都会穿着阿玛尼的时装。

他们推出的夹克肩线利落，剪裁柔和，贴合身体线条，裤子适合单鞋而非高跟鞋，其他单品也高级、干练、精致，适合早晨忙碌的上班族女性。我身材纤细高挑，骨架小，要穿最小码的衣服，因此那时最偏爱阿玛尼。

但穿衣并不是为了别人，而是为了自己，因此我真正喜欢的衣服其实另有其他——最让我感到幸福的是那些能提供情绪价值的衣服。

整理父亲遗物时，我发现了一件棉质衬衫。细致的走线和如今只用于高价衣服的螺钿纽扣不仅具有美感，还触动着我的心弦。看着它，我对父亲的思念也愈发浓烈。每当我穿着很久之前母亲赠予的针织衫时，心里也会暖暖的。

穿着时能让人内心安定，不拘束，不紧张的衣服；不复杂，非常适合搭配饰品或围巾的衣服；只有基本线条，过了几十年还可以穿的衣服；单色而非有着绚烂图案的彩色系衣服……

我喜欢的是这些衣服，对我来说，它们就像永远不会陌生的亲密朋友。

31 你有专属于自己的颜色吗

在马兰戈尼设计学院，每时每刻都会听到这样的话："试着调制出属于你自己的颜色。"

每当教授让我调制自己的黑色，而不只是普通的黑色时，我的后背都会冒汗。然而学期即将结束时，我已经能够调制出炭黑、棕黑、藏黑、蓝黑、象牙黑等各种黑色了。

意大利人对颜色的感觉是有天赋的。可以说从摇篮到坟墓，以颜色开始，以颜色结束。男孩出生后会在绑有蓝色丝带的卡片上写上孩子的名字、发色、瞳色以及祝福语等，女孩的卡片上则扎有粉色丝带。

韩国也有类似风俗。很久以前，有新生儿的家庭会在门口系上金线，生了男孩，金线上挂木炭和红辣椒；生了女孩，金线上只挂木炭。

如今韩国虽然风俗不再，意大利人却依然如故。第一次看到写有瞳孔颜色的诞生卡时，我还以为是这家的父母有特别的喜好，原来都是有历史原因的。

意大利是多人种混合的国家，人们有着不同的发色和瞳色。这就是为什么意大利父母会花很多精力寻找最适合孩子的颜色，也会从小训练孩子自然地搭配颜色。

让我们回顾一下意大利的历史。从很久以前开始，意大利人就通过"丝绸之路"接触了东方传来的华丽器物，在基因中形成了色感相关的能力。

看看教堂里华丽湿壁画与彩色玻璃的奇妙搭配吧，如果不是他们对颜色有天生的感知力，就无法创造出这样的美丽。繁华街道的服装店橱窗也是色彩搭配教科书。

成长于五彩缤纷环境中的意大利人喜欢寻找与自己发色和瞳色相配的颜色，调制出属于自己的颜色。这种颜色不仅会用在服装上，还会用在装修中。当你看到他们用独属于自己的颜色装饰成的房子，一定会惊叹不已。

意大利人享受着纷繁的色彩生活，最终却以同样的颜色结束生命——英文是"purple"，我们称之为"紫色"，多少有点梦幻的颜色，是因为人生如梦吗？

很久以前，染色技术不发达时，紫色是很难提取的珍贵颜色，平时只有王室或贵族才能享用，普通人只能在结束生命的葬礼上使用一次。在举办葬礼的公寓大门上、在教堂里挂上紫色丝带，为主持葬礼的神父系上紫色丝带，这是祭奠亡者的礼仪。

从摇篮到坟墓，意大利人享受着一场又一场色彩盛宴。他们用属于自己的颜色装点生活，同时尊重每一种颜色，与他人相处融洽，过着活力十足的生活。

这样的人生难道不美妙吗？

32 奢华来自态度

奢华的房子，奢华的椅子，奢华的生活……我们经常在广告里看到"奢华"这个词。每当明星公开他们的高级住宅，当天新闻报道的头条也一定会形容其为"奢华的生活"。

提到奢华的生活，我们通常会想到处处摆有昂贵装饰品的房子，它可能还配有游泳池和挂着装饰吊灯的休闲区。我们还会想象房子的主人穿着最名贵的衣服，戴着珠宝，身上喷着价值不菲的限量版香水，优雅地享用牛排，穿着考究的服务员正在一旁恭敬地为他倒上最好的葡萄酒。

但是，这样的生活真的称得上奢华吗？这样的生活真的是我们所梦想的吗？这样的生活真的优雅吗？每个人的喜好千差万别，但我知道，这种奢华不适合我，也不是我所向往的。

我不是沉迷于购物、疯狂买衣服的类型。昂贵的名牌衣服多是二三十年前购买的，平价的衣服也有一些。说好听了这叫折中主义，说得刻薄一点就是穷酸——我是在这两者的分界线上走钢丝的类型。

我不喜欢吃昂贵的食物。鱼子酱很腥，我吃不惯。有一次看到一个强制给鹅喂食，从而得到肥大鹅肝的视频，内容和电影《世界残酷奇谭》一样可怕，我实在无法接受，此后便也不吃鹅肝了。香槟的味道我不喜欢。产自意大利或法国的松露价格高昂，人们自然觉得它很珍贵，我尝试过几次，最终由于消化不良敬而远之。红酒里添加的作为防腐剂的亚硫酸盐会诱发头痛，加上我讨厌涩味留在嘴里，也不喜欢喝。

另外，看到积灰就想去打扫的我，也不喜欢乱摆杂物。家里的装修风格很简单，使用的是母亲留下的家具，看到它们，儿时的回忆便会浮现出来，感觉很好。餐具也是一样，厨房里都是结婚时母亲为我准备的餐具，还有婆婆传给我的东西，想找一件新的东西就像寻宝一样困难，简直是老古董的盛宴。

这样看来，我天生不是享受奢华生活的命。**即使说我寒酸也无所谓，让自己感到舒服的空间才是最重要的。**这是只摆放着简单必需品的舒适的家，我会在其中安分知足地度过我的时光。

人们常常会用"奢华"形容我，事实上，这个词与我的真实状态相去甚远。

但是，某一天我发现了让我重新思考"奢华"一词的报道。那是对法国世界级造香师让-克劳德·艾列纳的采访，他对"奢华"有不同的定义：**真正奢华的人生是能与自己和解的人生。**奢华不是索取和占有，而是分享——和珍贵之人分享自己过去的经历，一起度过当下的愉快时光。

按照她的定义来看，我的生活的确是奢华的。是因为爱管闲事吗？我很愿意与人分享自己的物品、金钱、时光。

一直以来我都很喜欢"朴素"这个词。质朴、素净，这样的生活才是我所向往的生活。

我追求的是散发自然气息的道路，而不是铺满黄金的道路；我想要的人生是简单淳朴的人生，而不是复杂华丽的人生。

33 人比衣服更重要

"怎样才能成为时尚达人?""如何才能搭配好衣服?""如何在不花太多钱的情况下穿着得体?"

面对这样的问题,我感到很为难。百人百色,年龄、性别、人种不同,穿衣搭配的标准也不一样。

我通常不会选择颜色太过花哨的衣服,看重舒适、得体以及干净利落。根据时间、场合和要做的事情有所选择地搭配衣服,恰当地展现自己,在我看来,这样的穿搭就是合格的。

个性固然重要,但也要避免让人感到不适以及不符合自己实际年龄的着装。在庄重的场合，不要穿得太过轻薄。不要穿只有自己觉得舒服、完全不考虑别人的衣服。同时衣服的尺寸要合适，避免过于短小或肥大。

看到那些盲目购买高价衣服、追赶时髦，只穿当季最新单品才能自豪阔步向前的人，我会觉得很可怜。虽然看起来年轻是好事，但是看到人们费尽心思穿不符合自己年龄的衣服时，我也会很不舒服。

有个说法叫作"乐队花车效应"，指的是人们为了不让自己在社会中孤立而随大流的现象。乐队花车在游行队伍最前面携带并演奏乐器、吸引人们注意力，前面的人跟着乐队花车走，后面的人看到后也会莫名其妙地跟上去。

时尚专家一边勤奋地创作新品，诱惑没什么防备心的消费者；一边发表时尚评论，专注于制造潮流，大众则只顾埋头追赶潮流。

罗伯特·格林在《人性的法则》一书中写到过可可·香奈儿。香奈儿在孤儿院里艰难长大，比任何人都能更快速地察觉人类本性，擅长激发人们的嫉妒心理和憧憬心理，以此作为营销手段，十分有效。

现代生活很复杂，能够按照自己的意愿穿着适合的衣服并非易事。因此，看到穿着得体且合适的人，我会很高兴。我了解并喜爱时尚，但也真心为那些不盲目追求时尚，对自己有明确认知，坚持个人品位的人鼓掌。

想要确立品位，需要成熟的内心、自尊感和稳定的情绪。为了寻找适合自己的风格，还要反复试验。当然，自尊心越强的人试错次数越少，因为这样的人极少盲从。而情绪稳定、喜好明确，则可以减少过度消费和冲动购买。我相信清楚知道自己是谁、了解自身经济状况的人，也能够做到穿着得体。

事实上，并不是所有人都会追逐潮流，而且也没有这个必要。对于潮流我们应抱的态度是了解它，以其为参考。看到做到这一点的人们时，我的喜悦之情便油然而生。

让我们回忆一下卓越的意大利设计师乔治·阿玛尼的服装哲学：勤于关注自己内心和外在的人才会有自己的主见，不需要别人的指手画脚；疏于关注自己内心和外在的人则没有主见，只会一味跟随别人的脚步。

只有不把潮流放在心里的人，才能真正做到时尚。

34 因为我想穿

"**为了不买新衣服而维持体重。**"我出席访谈节目《EBS 招待席》时说的话成了话题。

在时装界工作过的人却几乎不怎么买新衣服,这引来了不少质疑。实际上,我的确不会乱买衣服,买下的衣服都会穿很久。

米兰作为时尚的起源地巴黎的挑战者,不知从何时开始已经能够与之齐头并进。市中心繁华街道的后巷里有着老绅士佛朗哥·伊卡西的宝库,而宝物就是旧衣服。店里收藏的大多是19世纪末制作的服装,路过时瞥一下,也马上能看出那是旧衣服。

老绅士像供奉神明一样保管旧衣，是为了满足前来参观的贵宾。这些人都是以巴黎、纽约、米兰、伦敦为中心活动的世界顶级服装设计师。

他们不惜高价购买伊卡西的旧衣，就是因为时尚潮流是有循环周期的，而推动这个循环的养分，正是那些"老古董"。

最好的设计师都有自己的服装档案馆。从记录过去服饰的古籍，到各种岁月久远的衣服，他们把这些收集在自己的档案馆中，随时取阅。乔治·阿玛尼等设计师也会将自己的处女作、代表作、手稿等一一收集起来，开设以自己名字命名的档案馆。

好的设计师知道潮流是循环往复的，因此他们会通过旧衣改造的方法推陈出新，适应 21 世纪消费者的品位。

反映当代审美的设计，可以通过替换纽扣，加长或缩短肩线长度、裙子长度，拉高裤子的腰线，使用最新开发的面料等方法实现，这会给人们带来新鲜感，有时还会用复古的名字唤醒人们对过去潮流的记忆——时尚就是这样循环往复的。

还有一个有趣的事实，那就是去潮流创造者们聚集的地方反而看不到流行趋势。如果你想了解未来会流行什么，不妨去旧书店和古着店逛逛。

越是挑剔的设计师，为了专注于时装秀，越是会在准备期间一连几天只穿同一件衣服。

曾经身为纽约顶级时装设计师的卡尔文·克莱恩接受采访时说："准备时装秀时我特别紧张，在同一个地方待了一整个月，穿着同样的衣服，在那里吃饭和睡觉，专注于工作。"

和已故的史蒂夫·乔布斯一样，克莱恩也表示没时间为自己的穿着花心思，这就是为什么他总是穿着制服。

许多设计师在时装秀结束、上台打招呼时都有一个共同点：他们常常穿着黑色T恤和深色裤子登上舞台。

是为了让产品畅销而忙碌准备、没有时间打扮吗？是因为每个季节都沉浸在流行之中而感到厌倦吗？还是因为他们已经展示了出色的设计，认为无须展示本人？以上所有都能成为理由。

英国著名设计师维维安·韦斯特伍德日常也会穿着在伊卡西的宝库中意外收获的衣服。我在马兰戈尼设计学院的同学曾向她询问原因，韦斯特伍德的回答很简单："因为我想穿。"

有个词是那些决定时尚趋势的专家或评论员经常使用的——"fashion victim"，直译是"时尚的受害者"，实际的意思是盲目追求时尚、为时尚左右的人。在为这些人准备产品的时候，设计师们却过着脱离时尚，不，是超越时尚的生活。

真是有趣的讽刺。我在时尚界工作，也感觉一切都很平淡。当然，这些并不会影响我喜欢时尚，因为时尚会给我带来好心情。

衣服究竟是什么呢？无论设计得多么与众不同，衣服都是为了保护身体而存在的。只有做到这一点，才能被称为衣服。

每当看到欧洲时装界以复古之名将过时之物变为新潮流时，我就会想起伊卡西多少有些悔恨的表情。他说："如果我收藏的是美术品而不是旧衣，那么我将拥有更多资产，过上更加舒适的老年生活。"因为潮流的循环往复，旧衣永远无法成为价值高昂的绝版收藏品。

我很少买衣服的原因有很多：好奇心比以前减少了；时尚在循环，以前买的衣服保养一下还能继续穿；我已经退休了，每天不必像以前那样展示自己，只要穿上让自己满意的衣服就可以了。

无须探访伊卡西的宝库，仔细翻看自己的衣柜，我也能找出不少复古衣物。给用精良面料制成的旧衣换上纽扣，用手比画着稍微调整一下肩线长度，旧衣也能符合新时代的审美。

正因如此，改善随着衰老而变化的体形，才是我最大的挑战。

35 有笑就有福

这个眉头紧皱,两颊瘦削,眼中似乎充满了怨气的老太太是谁?15年前乘坐公交车,看到车窗上的自己,我吓了一跳。没错,那人正是我自己。

虽然已经做好了年华逝去的心理准备,但还是没想到自己看起来会这么老,且一脸刻薄。于是我开始认真反思,为什么人上了年纪之后,脸就会变得暗淡无光。每次乘坐公共交通,我也会观察敬老座上的老人们的表情。当我发现自己的神态和他们如出一辙时,不由得很难过。

对于一起工作多年的同事,看到他们长满老年斑的脸,我的心情也会低落。在年轻人眼里，这种样子看起来一定非常让人丧气。

突然，我有了这样的想法："如果是面带笑容，看起来会不会不一样？打招呼或寒暄时笑意盈盈的样子应该很好看。"

生活艰苦贫困时，人们笑容就会减少，这是为什么呢？是心理问题吗？是社会制度的问题吗？连笑容也要受到环境的支配吗？说起来，我在欧洲的时候经常笑，回到韩国之后，表情却变得僵硬麻木了。

有一天，我在看报纸的时候看到一个报道。上面说不要因为开心而笑，要为了开心而笑。即使勉强微笑，大脑也会感到快乐，甚至可以预防痴呆症。读完那篇新闻后，我开始在早晚洗脸时对着镜子勤奋地练习微笑。

郁闷或状态不好的时候，我更是会自我催眠："我有微笑的资格，我应该绽放笑容。"如果此时有人看到这样的我，一定会觉得这个人有点精神失常吧。

最近，即使勉强我也会微笑。两个儿子长大成人后离开了我的身边，和话不多也不爱笑的丈夫在一起相处的时间越来越多，虽然没什么值得笑的，但我还是会努力绽放笑容。

俗话说"有笑就有福",微笑不会消耗我们多少能量,更不用花钱。每当我勉力微笑的时候,脑海里都会闪过这样两句诗:

"不管面对怎样的生活,都要记得保持微笑。"[1]

"桃花流水窅然去,别有天地非人间。"[2]

---

1 出自韩国近代诗人、教育家金尚镕(1902—1951)的诗歌《我要向着南方打开一扇窗》。
2 出自李白的诗《山中问答》。

36 奶奶的语录

小时候，我经常把奶奶称呼成妈妈。母亲为了照顾大家庭的生活起居，没有时间给我很多陪伴和关注，填补这种空虚感的人是奶奶，每天一早在我挑三拣四的牢骚中帮我把头发扎成双马尾的也是奶奶。

一到冬天，奶奶就会把烙铁放进装满木炭的火炉。坐在火炉旁边，奶奶慢慢地教我如何穿针引线，如何缝制韩服。阳光洒在奶奶房间的炕头上，时光就这样慢慢流淌，一切都很温馨。如果线留得太长，缝起衣服来会很麻烦，这个小技巧也是我在那时候学到的，至今仍然受用。

出生于朝鲜王朝末期的奶奶，经常讲述生活在从前的女人和小孩的故事。《蔷花红莲传》《黄豆女和红豆女》《红吉童传》《林巨正传》……奶奶讲的古典小说里的故事比任何书里写的都有趣。**我摸着奶奶满是皱纹的手听故事，这种温暖的感觉滋养了我的余生。**

奶奶是法度苛刻的贵族家庭的女孩子，家族没落后，虽然生活变得窘迫，奶奶还是运用自己的手艺，靠缝纫维持生计。每次谈到只能把儿子（也就是我的父亲）供到高中的事，奶奶就会流露出难过和惋惜的表情。直到懂事后，我才渐渐理解了奶奶心中的这份遗憾。

我读大四那年，奶奶去世了。然而她用平静的声音讲给我听的话，给了我生活下去的巨大力量。

奶奶给我讲了很多奇妙的比喻。比如"上颌重，下颌轻"，意思是如果上颌比下颌重，嘴就张不开，那样就不会说错话。"不要争面子，也不要自表功劳。""忘掉你的所作所为吧。"意思是说，与人为善，默默实践就好。

小时候，当我像个野丫头一样跑来跑去、莽撞冒失的时候，奶奶总是让我安静点。后来我才知道，奶奶说的其实是"文雅点"。文雅的意思是言行不浮躁，举止稳重、高尚。

"你可以去不同的人家吃饭，但只能在自己家睡觉。"青春期，当我问奶奶能不能去朋友家和她一起学习，晚上睡在那儿时，她常常无奈答应，但一定会补上这句话。

作为将旧时礼仪刻在骨子里的人，她不赞同成年的女孩子夜宿在外。也许是因为从小听多了这样的叮嘱，除了旅行、出差之外，我的确极少在外留宿。

"双胞胎也有长幼之分，即使只大一天，也要像对待前辈一样对待比自己年长的人。"我想顶撞比自己大三岁的哥哥时，奶奶就会这样教导我。

"手部有残疾的人为什么不打架，难道是因为他们不会吗？你有手就是用来打架的？"每当哥哥闹着要打我时，奶奶就沉着脸训斥他。手部有残疾的人打不了架，即使出现矛盾也只能吵架。正常人更应该好好珍惜自己的双手，而不是用它们来打架。奶奶用这句话教育我们不要使用暴力，要用语言来解决问题。

"不要做会让自己跪下的亏心事。"那时的我并不理解这句话的意思，于是奶奶解释说："不要在背后传别人的坏话，有什么话就当着别人的面说，不要挑拨离间。"可能是因为奶奶的教导，我从来没做过会让自己跪下的亏心事，也不会在别人的背后议论是非。

"王侯将相的血统难道和我们不同吗？"这句话的意思是，无论出身多么高贵，自己的地位也会随着自己的行为瞬间提高或一落千丈，因此我们要好好立身处世。

"小不忍则乱大谋。"强调耐心的重要性时，奶奶常常会说这句话。意思是即使遇到让人生气的事也要克制住怒气，只有这样才不会坏了大事。

虽然小时候不能完全理解这些话，但我记得当奶奶用低沉而平静的声音慢慢对我说这些话时，我就会不由自主地缩着脖子，"嗯嗯"地直点头。

37 皱纹是岁月的徽章

童颜维持法、抗衰老步骤、胶原蛋白摄取法、增加荷尔蒙的食疗法……静静地看着这类节目,我对衰老也产生了一些想法。

媒体不断强调衰老是一件可怕的事,必须要预防,好像如果不努力抗衰,就是犯了什么大错。然而像我这样随着年龄增长自然老去的人,真的是在犯错吗?

当职场妈妈时,我每天都在和时间赛跑。除了早晚洗脸,几乎不照镜子,确切地说是没有时间照镜子。除了订婚仪式和婚礼等重大场合,我也很少涂粉底液。也许是因为要争分夺秒地生活,我没时间去搞清楚自己的脸到底是年轻还是老。

看着一味推崇年轻的晨间节目，感觉像是被训斥了，心里有点别扭：我这样的生活是错误的吗？不会老的人真的存在吗？永远年轻的话又能怎么样？上了年纪是不好的事吗？什么是年轻？什么是衰老？随着岁月的变迁逐渐老去，是时间的积累，也是经验的积累，这到底有什么不对？

不管别人说什么，走我们自己的路吧。把青春让给年轻人，让我们与衰老好好相处，顺其自然地度过余下的时光吧。经过长久的思考得出这样的结论后，我便不再害怕时间的流逝了，只不过身体机能和外表的变化，难免让人有些遗憾。

很久之前我和母亲一起看过一档节目，被称为"世界头号美人"的演员伊丽莎白·泰勒在做完脑部手术后接受采访。曾接受过数十次整容手术的她宣布以后不会再做整容手术了，并补充说："现在我不会再努力掩盖皱纹了。从青春靓丽到年老色衰，我经历了很多，即使这些经历不全是好的。"

看到她的变化，母亲不住地点头。我问她："为什么人老了之后外貌和身体机能都会发生变化呢？"对于我的愚蠢问题，母亲给出了很妙的回答："因为这样即使死了也不会感到委屈啊！"

是啊，拖着衰败的身体，我们还能做什么呢？意大利的电视台曾做过关于韩国整容情况的报道，称韩国是世界上整容手术最普遍的国家。虽然整容也有积极的一面，但外貌至上的世态仍然令人感到惋惜。

想要完全扭转容颜的衰老是不可能的，随着时间的推移，人的器官会老化，身体会变得迟缓，记忆力也不复从前。但也有一些东西变得更好了，那就是洞察力——人们会比年轻时更懂得如何看透事物的本质。

上了年纪的人常常一边费尽心思地做保养，一边安慰自己说"年龄只不过是数字，不需要在意"。对此，年轻人可能会嗤之以鼻。我想，**如果这些人能把花在皮肤保养上的精力用在保持健康上就好了，比起执着于年轻的外表，顺其自然才是聪明的选择。**

英国皮肤科医生曾发表过一项研究结果。研究对象有两组：一组是不做任何皮肤管理的修道者，另一组则是花费大量时间在皮肤护理上的爱美女性。经过长时间观察，研究人员发现不做皮肤管理的修道者的皮肤纹理反而更为清晰、透亮。

当然，由于两组人生活方式的不同，不能只是简单地看待这个结论。但这对于像我这样忽视护肤、懒于照镜子的人来说，倒是个好消息。

38 自己拎包

2001年秋的某天,意大利驻韩大使馆举行了招待会,主角是张明淑,也就是我。作为对我工作的认可,意大利政府授予我骑士爵位。

从1978年留学开始,我便与意大利结下了不解之缘,在那里留下了不少珍贵的回忆,但并未曾想到会获得如此荣光。

虽然已经不是封建时期,但欧洲仍然保留着象征性的贵族阶级称号,由国家授予的荣誉称号由高到低依次为:公爵、侯爵、伯爵、子爵、男爵以及骑士。

"这个荣誉，我受之有愧。"弗朗西斯科·拉乌吉大使为我颁发完骑士爵位勋章，让我发表感想时，我以这样的句子开头。

大使用开玩笑的语气回道："您几乎像保姆一样照顾着初来韩国的意大利人，这个爵位当之无愧。"在座的人笑成一片。此后，我的生活也变得更加忙碌了。

意大利人初来韩国定居时需要当地人的帮助，从找房子到衣食住行的各种细节，都得有人指导。虽然大使馆有负责人，但有时也需要像我这样既会说两国语言，也有两国生活经验的人帮忙。

作为在意大利生活过的韩国人，我十分明白得到当地人的帮助对于一个外国人来说有多重要，所以我也尽自己所能，给初来韩国的意大利人提供帮助。

虽然韩国媒体经常介绍西方文化，但我第一次去欧洲时还是感受到了很大的文化差异。而在意大利很难接触到韩国文化，初来韩国的意大利人受到的文化冲击只会更大，对此我十分理解。无论怎样努力提前学习当地的文化，和直接接触总是不同的。

有一天，意大利驻韩大使馆秘书室紧急联络我，一位新上任的非常喜欢东方文化的大使打来电话说："请问您可以陪我一起去找蝴蝶兰吗？"就这样，我陪他在首尔市内转了一整天，然后一起在大使馆享用晚餐。

吃饭时，大使一脸严肃地向我提了很多问题，其中有一个我也不知道该如何回答："请问韩国的女人为什么不自己拿包呢？包可是时尚的一部分啊。男人替女人拿包是一种社交礼仪吗？骑士您也是让男人拿包吗？"大使的提问让我笑出了声。

毫不夸张地说，与衣服相得益彰的包是决定穿搭好坏的重要因素。拥有昂贵名牌包的女性不少，但有很多人会把包交给身边的男友或丈夫拿着。为什么会有这样的现象，我也很好奇。是出于对弱者的保护吗，还是骑士精神？

"如果体力差到连包都拿不动，那为什么还要外出呢？"大使认真地提问，我却无法给出令他满意的回答。当晚，我们从"什么是真正的骑士精神"一直谈到了东西方的礼仪和男女关系。

与以前相比，女性的生活态度已经发生了很大变化，越来越多的人能够掌控自己的人生，意气风发，充满自信。我衷心希望所有女性都能独立潇洒地活着，逛街时自己拿包，不倚赖他人，也不要一味地顺从和配合。

39 在名为人生的摊位上

在米兰布置住处时,我带去了奶奶常用的衣柜、父亲常用的螺钿书桌、母亲常用的方形饭桌等在首尔经常使用的旧物。我没有随意购买新东西的喜好,更重要的是,如果意大利朋友来家里玩,我想给他们讲述这些旧物背后的故事,告诉他们我的过去和韩国的历史。

房子快布置完的时候,我去了月底限时开放的跳蚤市场,想买一张小书桌,顺便看看那些背后藏有隐秘故事的东西。四处寻找后,我买下了一张大小、颜色、形状都很好,价格也合适的书桌。

这是一张制作于20世纪50年代的书桌，抽屉做得相当深。我把抽屉取出来擦洗，发现里面似乎夹了什么东西，伸手一摸，原来是一沓书信，而且是很久以前书桌主人收到的情书！

我好奇地读了几页，觉得不礼貌，就又合上了。"他们是什么样的关系呢？书桌的主人还在世吗？这情书要怎么还回去？"后来我通过名片联系了卖家，得到的却是遗憾的答案。他说这是从遗物整理师那里接手来的东西，并不清楚来历。

作为和逝者完全没有情感交流的人，整理遗物时又怎么会带着感情呢？对遗物整理师来说，遗物只是逝者留下的旧物罢了，跳蚤市场的卖家也只对商品能否卖出高价感兴趣。

看着没能还给主人的情书，我感到一丝凄凉，也因此得到了小小的启发：趁自己还活着时，我要好好整理平时爱惜的东西。

商贩们白天支起摊位，日落西山时收摊离开，这和我们的人生不是很像吗？**只是我们自己并不知道这个名为人生的摊位，什么时候会被收起。**

有人留下很多东西离去，有些人则空手离开，我只想仔细整理好自己的东西，再离开世界。

满足于自己已经拥有的,不受外物的诱惑;不管何时死亡,收拾好生前身后的一切——这就是我的心愿。

从今天开始,我会整理好所有与自己相关的物件,不让心愿成为遗憾。像这样度过的人生的黄昏阶段,每一天都很珍贵。

40 根据自己的口味点菜

韩国的聚餐氛围与意大利大不相同。在韩国，人们大都按上司的要求点菜；但在意大利，人们大都根据自己的口味点菜。

"中午吃过鱼了，晚上就吃肉吧。""今天好像消化不太好，喝点清淡的汤好了。""我最近正在减肥，不吃碳水。"不根据上司的喜好或旁人的要求点菜，好好说明自己的选择，甚至有人会啰啰唆唆地解释一堆。

他们从小就被培养在不伤害他人和不违反社会规范的范围内表达自己的个性和感受：选择适合自己的职业，不畏惧发表自己的意见，寻找适合自己体质的兴趣爱好。

一开始我只是表面上装得平静，内心却有些忐忑，花了很长时间才习惯意大利人的坦荡，此后我觉得他们的文化才是健康的。

当然，最近韩国的氛围也发生了很大变化。年轻人希望自己的喜好得到尊重，他们不会无条件低头，总是坦坦荡荡。然而，看到职员在聚餐中表达出自己的喜好而面露不悦的上司依旧存在，韩国如今也许正处于"统一喜好"向"尊重喜好"转变的岔路口。

"待人宽如待己。""无论别人怎么生活，你我都要按自己的方式生活。"这些话经常被用在小说或者歌曲里。在我看来，包容他人和坚持自我都很重要，我们在培养孩子从小尊重别人的同时，也要培养他们"我是独一无二的"存在感，这样才能形成一个人人互相尊重，也有自身喜好的社会。

在清楚自己喜好的健康人组成的社会里，好的设计才会诞生。在多样性得到尊重的氛围中，每个人都可以展现个性，自由地生活。

不要管别人是怎样生活的，我按我的方式生活，他们按他们的方式生活。只要不对社会造成危害，一切就都可以。

Part 4

理解和拥抱

如果节日
能让所有人都开心就好了。

41 干净利落地结束

目前,我正为死亡做着准备。死后留下的东西会变成遗物,但如果死前把它们赠予他人,这些东西就会成为情谊的象征。因此我把很多东西作为礼物,送给了周围的人。

我曾拜托两个儿子:"如果我死了,葬礼记得办简单些,省下的钱可以寄给社会福利机构。不要举办祭祀活动,到时放一首给死者的《安魂弥撒曲》就可以了。"

2009年2月,我素来尊敬的一位老友离开了人世,他按照生前签好的协议,将眼角膜捐了出去。得知这件事后,我也下定决心,要申请器官捐赠。

我向器官捐赠中心进行咨询，了解到除了个人意愿，器官捐赠也需要征得家属的同意。如果捐赠器官，那么遗体会在摘除完器官后火化。

对此，丈夫表示强烈反对，他希望能和我葬在一起："哎呀，你只要趁活着的时候多向社会提供帮助就行了。"两个儿子也是一脸不赞成："妈妈的身体本来就弱，还是不要做器官捐赠了。"

我玩笑似的回应他们说："那你们就从现在开始多照顾照顾我吧，这样我肯定能在死去时保持器官的良好状态。多想想那些只有通过眼角膜移植手术才能见到光明的人吧。"

提交了器官捐赠申请后，我心中关于置办棺材和寿衣的苦恼瞬间消失了，甚至产生了"不要活太久，得把健康的器官捐给受益人"的想法，死亡带来的恐惧感也没那么大了。

虽然不知道自己会在什么时候、以怎样的方式死去，但我只想尽量干净利落地结束这一生，让自己的死亡成为某个人的礼物，充满喜悦的礼物。

42 扔掉才用了八年的冰箱

冰箱的冷冻室漏水，我申请了售后服务。这是仍在售后服务有效期内的正品冰箱，递交申请后的第二天，修理师傅就上门了。做好检查后，他露出了非常尴尬的表情，说道："很抱歉，这个冰箱的制作工艺比较特殊，没办法修，恐怕得买新的了。""什么？我才用了不到八年，怎么会修不了呢？这个冰箱以前一直挺好用，还是第一次出问题，怎么就只能报废了呢？"

不管是什么物件，只要还能用，我都会修理一下，然后接着用。对于这种无法修理直接报废的状况，我感到很生气。但这并不是修理师傅的错，因此我压着火气尽可能礼貌地向他询问缘由。他说这个冰箱不是用以前那种焊接技术制造出来的，而是使用了一体化技术，没有办法拆卸。

总之，一个冰箱被买来，没用多久就被扔掉，成了地球上某个角落里的垃圾。该怎么办才好呢？对于这样的科技发展，我一点也高兴不起来。

我对垃圾很敏感。在我看来，简单明了、干净有序的世界才是最美好的。但是，这样的我却从事着不断创造新潮流的行业，每件新衣服的问世就意味着旧衣服即将成为垃圾——理念与工作相互矛盾，真是可悲。

为了弥补自己的过错，现在我正在为保护自然环境而努力着。不仅是衣服，家具、餐具和其他很多东西，我都会用到不能再用为止。对于电子设备，我也只会使用最基本的产品，尽可能少地在地球上留下自己生活过的痕迹，等收拾干净再离开人世。

结果，我最终还是不得不买了一台新冰箱。我思考自己未来还需要购入多少台冰箱，但是没有得出答案，因为不知道自己还能活多久。如果还能再活10到20年，可能还是得多买上一两台冰箱吧。

以前用焊接技术制造的冰箱外表虽不美观，但可以拆卸修理，能用20年。如今采用新技术制造的冰箱虽然设计巧妙，但只用了八年就因为没办法拆卸修理，只能扔掉。

这样看来，随着机器寿命的缩短和人类寿命的延长，我们一生中会用到的家电产品数量也将越来越多，难免会制造出更多垃圾吧。说到底，为什么随着医学的发展，人类的寿命能够变长；科技发达的当下，机器的寿命反而越来越短了呢？

据说太平洋上有一个面积大约是韩国15倍的垃圾带，被称为"大太平洋垃圾带"，其中有80%的垃圾都是塑料。想到各种垃圾会被海洋生物误食，我就寝食难安。

陆地和海洋被大量的垃圾占据着，地球的未来真是令人担忧啊。

43 你是哪种汤匙

不知从何时起,"你是哪种汤匙"突然成了话题。有出身于富裕之家的"金汤匙",也有家境贫寒,得不到父母的帮助,更没有财产继承的"泥汤匙"。

所谓的"汤匙阶级论",就是单纯以父母的财产多少来决定子女的社会等级,而不考虑一个人的潜力以及热情、诚实等良好品质。

听到这样的说法,我也想起了自己平时使用的汤匙。

我用过银汤匙,但因为不方便清洗,就还是改用设计不错的不锈钢汤匙。最近我很喜欢木汤匙,它轻而柔软,舀热汤时还能适当降低温度。普通的泥土捏不成汤匙，所以泥汤匙其实是红黏土或高岭土烧制成的陶瓷汤匙。陶瓷汤匙外形美丽，用起来很方便，这样看来，泥汤匙也不错。

如果按照汤匙阶级论来衡量人，财阀家的孩子肯定是金刚石做的汤匙。而那些连父母是谁都不知道就被迫来到这个世界的孩子，那些被抛弃的孩子，岂不是连泥汤匙都不如？

人生本就是空手而来，空手而去。即使含着金刚石汤匙出生，如何使用汤匙，和谁吃饭，吃什么饭，过怎样的人生，都取决于拿汤匙的人，而非汤匙本身。

有人含着金汤匙出生，却在过程中的某一天轻易地放弃了生命；有些出生时连汤匙都没有的人，却像海绵一样吸收周围人给予的关爱，以此为养分，努力成长，过着幸福的人生。

胎儿时期、婴儿时期、童年时期……如果能在这些阶段中收获足够的关心与爱，含着泥汤匙出生的人就会拥有改变汤匙材质的力量。

情感上的关怀和照顾是非常重要的。出生于富有家庭，锦衣玉食长大的孩子，如果得不到温暖和爱，也无法成长为一个出色的人。而那些被父母抛弃,在孤儿院长大的孩子,有了温暖与爱,未来也一定能为自己创造金汤匙。

孩子无法选择父母,只有在出生后才知道自己手中的是金汤匙还是泥汤匙。不要用父母的资产来给他们划分等级,定义他们的未来。

44 婆婆的枕头

久违地从米兰回国，收到了同学聚会的邀请。聚会初衷是大家想了解我的近况，但是还没等我开口讲话，刚有儿媳妇的同学就掌握了话语主导权，吸引了在座所有人的注意力。

儿媳的家境，对亲家的评价，关于见面礼、彩礼、婚宴吃食……我好想捂住耳朵，远离那位极力炫耀的同学。

韩国和意大利虽然在文化上有差异，但人们的生活面貌总体相似，都有喜怒哀乐这些基本情绪。然而，两国的婚姻文化却截然不同。

意大利的婆婆们把儿媳当作儿子的伴侣或朋友。意大利语中也有尊称，但儿媳不必像韩国人那样对婆婆使用尊称。根据每个家庭的文化不同，甚至还有儿媳直呼婆婆名字的情况。

意大利南北部的家庭文化略有差异，南部比北部更为保守。那里离非洲很近，有很多仙人掌科的热带植物，其中有一种叫"婆婆的枕头"。这种仙人掌乍看柔软，刺却意外坚硬。就像婆婆生气时扔向儿媳的枕头一样，若是真被打中，还是免不了疼痛。

意大利南部虽更保守，但儿媳无须对婆婆用尊称这一点，和北部是一样的。当我小心翼翼地问朋友怎么能叫婆婆的名字时，朋友说："是婆婆让我叫她的名字的，就像朋友一样。她拜托我不要用尊称。"

子女尚年幼，需要帮助时，意大利的父母会毫无保留地帮助他们；但子女一旦长大成人，他们便不会再对其多加干涉，"你要结婚""你要生孩子"这样的话也不会说。

结婚是子女自己的事，生孩子甚至离婚之类的决定也是。婆媳关系可以亲密，但不能越界。即使是亲人，也要保持适当的距离。

45 所谓婚姻

"明淑,对不起。""发生什么了,怎么突然这么说?"从欧洲旅行回来的母亲突然向我道歉。

"如果我能早点看到如此广阔的世界,当初一定不会催你快点嫁人。去过北欧之后我才发现,男女在结婚之前都会先同居。如果我现在还年轻,也想像那样活一次——如果能在同居后再决定要不要和这个人一起过一辈子,那该有多好啊。"

"是啊,就像意大利的一句俗语所说,'只有同吃同住才能知道身边人内心的想法。'"

"我要是早点知道这个道理,就不会让你那么早受家庭之苦,而是让你尽情去学你想学的东西、做你想做的事了。真抱歉。"

当初急切催促我结婚的母亲突然发生了这样的转变,我感到十分神奇。现在想想,那时的韩国非常保守,能让女儿出外留学,已经证明父母的思想特别开明。

我上大学时是20世纪70年代,那时出现了一种非常荒谬的风气,认为越年轻的女性越有价值,所以出现了一种比喻的说法,认为大学一年级的女生是金,二年级的是银,三年级的是铜。

韩国的习俗中,和结婚相关的部分往往变化得最快。如今,年轻人已经不再为旧观念所困,很多人认为先同居再结婚,或者不结婚都是可以的。

在这件事上,我选择站在年轻人一边。女人在家洗衣做饭,男人在外挣钱养家的时代已经过去了,一起过日子,自然应该共同分担家务。只有把对方视为人生的同行者,彼此扶持,不相互埋怨,伴侣之间才会变得亲近。

如今是重新确立家庭中男女角色以及社会中男女角色的时代,有一件事引发了我对结婚的思考。某一天,我收到了一位意大利朋友的离婚消息。他们在同居生活20年之后结婚，却在婚后三个月分道扬镳了。虽然我不是百分之百赞同朋友的想法，但她的有些观点的确对我有所启发。

"同居的时候，我只需要和我的男人一起生活。结婚之后，两边家庭各种让人费心的事情太多，作为女人需要承担的角色也太多。另一半从男朋友变成丈夫后，不再像以前那样照顾我了。我只是想成为一个男人的女人，不喜欢作为婆婆的儿媳，过着神经紧绷的生活。"

韩国的男人和男方的父母应该醒醒，不要再活在过去的观念里了。女人和女方的父母也是如此，是时候放下像客人一样对待丈夫或女婿的想法了。

当然，我不是鼓励年轻人婚前同居或不婚，只是认为保有适当的距离是必要的。父母过分干涉孩子的婚姻就会产生矛盾。夫妻之间也要尊重和体谅对方的文化和生活习惯。

所谓婚姻，到底是怎么一回事呢？男女双方对彼此钟情，互许终身？事实上，人们选择在一起可以有很多原因，但如果只是因为碍于周围人的眼光不得不结婚，那么我会劝阻。

春兰夏荷秋菊冬梅，每个季节盛开的花各不相同，人生亦如此。就像梅花和玉兰不会在酷暑中绽放、剑兰和凤仙花熬不过寒冬一样，不受任何人强迫，我们按照自己的心意，顺其自然地和一个人相识、相知、相爱、相守，这样才是最好的。

结婚不该受所谓的"适婚年龄"驱使，跟随本心，不受时间、世俗看法拘泥的婚姻才能长久地幸福下去。

46 人生中的优先顺序

我读了作家赵南柱的小说《82年生的金智英》，后来还看了同名小说改编的电影。"82年生的金智英"和"52年生的张明淑"的人生仿佛在我眼前重合，让人难以专注于电影本身。

结婚第二年，我有了第一个儿子。儿子两周岁后，我考上了研究生，并在读研期间和任教于大学的丈夫一起去意大利留学。留学生活困难重重，而我犯下了当时人生中最大的错误。

那时的韩国不同于今日，选择出国留学的人很少，想要顺利成行，还得通过国家考试。1978年以前，法律更是禁止已婚夫妻同时出境，只能夫妻双方中的一个先通过国家考试出国，另一个过了六个月再跟着出去,且不允许带孩子——因为这不仅花费高昂,还可能举家留在国外,不再回国了。

留学是我一生的梦想,不能放弃;但是作为母亲,我也无法抛下孩子。

进退两难之际,我去拜访了一位专门研究儿童心理学的医生。听完我的苦恼,医生给出了这样的建议:"此前你已经母乳喂养了两年零五个月,如今即使分开,只要孩子仍能从固定的照顾者那里得到足够关爱,就不会受到太大影响。"于是,我最终选择含泪把大儿子托付给父母,踏上了留学之路。

一开始,我的留学生活并不那么美好。因为心疼不得不和妈妈分开的孩子,也对帮我照顾孩子的父母感到愧疚,我经常做回到韩国的梦。意大利的年轻女性大部分过着双职工的家庭生活,与婆家或娘家往来密切,能够得到家中帮助,育儿和事业并重。看到身边其他妈妈都能够在工作的同时关心自己年幼的孩子,我深感不安。

"难道我要放弃学业回国吗?"每次看到和我的孩子年龄相仿的幼儿,我都控制不住地泪流满面。那时的通信工具没有现在这么发达,只能通过父母寄来的信缓解对孩子的思念。

俗话说，车到山前必有路。丈夫有位在意大利担任外交官的熟人，他听说我的事情后，告诉我可以向外交部递交请愿书。我二话没说，立刻照做："请允许我把儿子从韩国接到意大利。我保证学习结束后就回到祖国，不会留在意大利。如果生活费超支，我也会全额承担。"

外交部给出了令我欣喜的答复。他们感受到了我的诚意，说如果有当地人做财政担保，就可以把孩子接到意大利。就这样，时隔一年，我终于将大儿子接到了意大利。此后，我再也没做过回韩国的梦。

与年幼的孩子分隔两地，把养育孩子的重担交给年迈的父母，犯下这个人生中最大的错误后，我学到了很多。我们要担起自己应该担的责任，不能把它推卸给别人。现在我去看望孤儿院的孩子们时，仍会想起小小年纪就和妈妈分开了一年的大儿子，愧疚不已。

社会里有那么多考试制度，为什么没有成为夫妻的考试和成为父母的考试呢？如果有的话，我肯定也是不及格的吧。

所以，只要有机会，我就会嘱咐职场妈妈或后辈们："养育孩子也有关键时机，错过了就很难再遇到。**虽然工作很重要，但父母**

也是一种珍贵、重要的角色。要了解自己生活中每件事的优先顺序,探究人生的本质。"

意大利小说家安伯托·艾柯曾说:"人生中有两件事情可以超越死亡,一件是留下好的文章,另一件是养育优秀的孩子。"

47 我不想要那束含羞草

曾经有杂志针对国际妇女节的话题对我进行了采访。采访中，记者问我为什么要纪念国际妇女节，**我回答说："正是过去那些反对压迫、追求自由的女性，造就了如今的女性。"**

意大利特别重视国际妇女节，在这一天，男性会给身边的女性送黄色的含羞草花束。身为异乡人的我第一次在意大利过国际妇女节时，感觉这种行为既浪漫又陌生。

第一次收到含羞草花束时，看着那美丽灿烂的黄色花朵，我的心情很是愉悦。男人摆出尊重的手势，脸上带着温暖的笑容为女性送上花束，这样的场景令人感动。

可是，在了解了国际妇女节的由来和含羞草的花语后，我改变了想法。含羞草是一种一摸叶子就会合起来的植物，花语是"敏感、细腻、害羞"。是因为觉得这和女人的特质很像，所以才会选择给女人送含羞草吗？

如果早点知道，我肯定会委婉拒绝那束花的。我想把花束还给对方，告诉他："我也许会在体力上输给你，但我的精神绝对不像含羞草，不会轻易蜷缩，所以请把花拿回去吧。"

"保障女性参政权和劳动权，拒绝歧视"。此后不到一个月，在运动的影响仍未消去时，纽约一家衬衫工厂就发生了大型火灾，死者大部分是女性。消息传出后，女性劳工对人权的关注程度进一步提高。

虽然人们每年都会纪念国际妇女节，但至今仍有很多女性在遭受着严重伤害。据悉，在被称为"绅士国家"的英国，过去10年中因为男性暴力而丧生的女性多达2075人。在意大利，甚至有夫妻俩因意大利面太烫而吵架，丈夫最终将妻子杀害的报道。一想到那些被侵犯、被杀害的女人，我就毛骨悚然。

"长舌妇""再刷无好布，再嫁无好妇""闺女养到十七八，不是填房是贫家""娶来的媳妇买来的马，任人骑来任人打"……

对女人的贬低性称呼、包含男尊女卑极端思想的俗语、歧视女性的用语不知凡几。很多从东南亚嫁到韩国的女人，成了韩国人的妻子和儿媳。对于她们的辛酸经历，我们又表现出了怎样的态度呢？

比起过去，当今女性的确是生活在更好的世界，但仍然遭受着很多不平等待遇。因此，我们要走的路还很长，现在并不是可以庆祝胜利的时刻。

女性和男性只是性别不同，享有的权利和需要履行的义务都一样。但是为什么联合国没有设立国际男性节，却设立了国际妇女节呢？

"玻璃天花板"[1]要到什么时候才能真的被打破呢？

1　"玻璃天花板"指的是由偏见而形成的认知障碍，使本来够资格的人在组织里的晋升变得可望而不可即，常用来描述对职业女性的无形壁垒。

48 过让所有人都开心的节日

节日对某些人来说是庆典，对另一些人来说是劳动日。

本应是释放工作压力、放松身心的节日，对于儿媳们来说却是做出牺牲的日子。她们要负责过节的准备工作，有人甚至因为随之而来的压力患上节日综合征，这在美国被称为"假日忧郁"。

至今忘不了婚后第一次过节时的痛苦。当时我刚怀孕不久，孕吐严重，连食物的味道都闻不得，尽管如此，还是要忍着不适去厨房准备饭菜。

准备饭菜是婆婆的要求，我能接受，但我实在无法理解同辈的小姑子们为什么可以什么都不用做，只需静静地坐在婆婆身边，等着被招待。

不要说什么"以前都是这样"，即使如此，我还是要说"这样做不好"。我暗暗下定决心，如果以后自己成为小姑子或年长的妯娌，一定不会对这样的事坐视不理。

留学期间，我也观察了意大利的节日习惯，最让我感觉新鲜的是跨年晚会上体验到的"百乐餐"。受邀参加节日派对的人们事先会在家里准备好一两道菜，带过来摆在派对的大桌子上，大家一起享受自由而丰盛的晚餐。

虽然百乐餐在今天已不是什么新鲜概念，但当时我还是第一次听说。与儿媳包办吃食的韩国节日不同，所有人都会把各自拿手或喜欢的食物放在一起分享。年末和朋友聚在一起开这样的派对的体验很棒，而在首尔，所有儿媳都只能在婆家忙着准备饭菜……

意大利人在节日里一起吃喝玩乐，展示才艺，直到次日凌晨才休息。韩国人则早睡早起，为祭祀的准备工作奔忙。也许正是因为这样，意大利新年的清晨街头才显得异常冷清，直到中午时分才能看到刚起床没多久的人们外出活动的身影。

意大利的风俗是圣诞节、复活节和家人一起度过，新年晚上则会和朋友相聚。即便不同城市、不同家庭的生活方式各不相同，也不会只有某一个人准备饭菜的情况出现。如果婆家人多，那么家庭聚会时每个成员会各自准备拿手好菜，一起烹饪，一起享用，一起收拾。不分男女老少，每个人都要做事。例如丈夫和妻子摆桌，孩子们端饭菜，老人准备红酒。

意大利人一般不举行祭祀活动，而是去教堂举行追思弥撒。更讲究的人会准备故人生前喜欢吃的食物，邀请参加弥撒的人去附近餐厅聚会，一边吃饭一边分享关于故人的回忆。

意大利和欧洲的节日文化中都有值得学习的地方。在公婆家，儿媳是客人；在儿子儿媳家，公婆是客人。虽然必要时会互相帮忙，但还是要按照主客之礼进行招待。在这种氛围下，儿媳患上节日综合征的概率便大大降低了。

我甚至看到过公公亲自为全家人做菜的家庭。当时看着我一脸吃惊的样子，意大利朋友笑着说："这没什么，我公公的爱好就是做饭。"

我常有这样的想法：想祭祀的话可以举办祭祀仪式，但如果不想祭祀，那么采取其他方式来缅怀故人怎么样呢？比起让儿媳一身疲惫地招待大家，祖先们会不会更喜欢所有人发自真心地思念他们？

据说，每年过节后离婚率都会增加。我甚至在想，如果有"一起做饭一起享用"的法律规定就好了，如果节日能成为所有人都期待并开心度过的日子就好了。

49 只需七百韩元的幸福

2011年10月的最后一天,我从意大利回到韩国。回家放下行李箱正准备休息,突然接到一个电话,是经常去的修道院的一位修女打来的:"请问12月中旬你愿意和我一起去非洲吗?有位摄影师和我一起订了机票,但是突然因为有事不能成行。你能陪我去两周吗?"

听到"非洲"的瞬间,我全身战栗不已。小时候看《环球旅行记》时,我就想着总有一天要去非洲看看。

离开米兰的几天前,我恰好在新闻中看到一个四五岁的小女孩光着脚,头顶着巨大的塑料桶去接水的画面。在非洲的许多地方,人们一般会花一两个小时,多则花三四个小时去接水,这让我受到了很大冲击。

就这样，我开始为非洲之行做准备。我给亲朋好友打电话募捐，说："请我在豪华餐厅吃饭。"大部分人会立刻明白我的意思，然后把捐款汇到我的账户上。因为他们知道，不喜欢在豪华餐厅吃饭的我说出这句话时，就是在进行募捐。

然后我去国立医院打了黄热病预防针，去药店买了预防疟疾的处方药，还带上了几件吸汗的T恤——从北半球到炎热的南半球，准备行囊着实需要花费不少心思。

终于到了去非洲的日子。我于12月中旬离开首尔，经由泰国从尼日利亚转机，抵达位于非洲中西部大西洋沿岸的喀麦隆时，距离出发已经快两天了。

在非洲的两周成了我人生的拐点。喀麦隆过去曾是法国殖民地，官方语言是法语，通用货币是欧元。那里是原始农耕文明和用电脑办公的21世纪文明共存的社会，逗留期间，我深刻地感受到了韩国的文明程度之高。

村长把我们带到皮格米村，说："你们从远方来，辛苦了。"在皮格米村，生火工具是火石，吃的是从溪中钓的鱼。但是能钓到鱼只是运气好的时候,更多的时候只能饿肚子。看到人们住着用一串串树叶编织成的小屋,穿着只能挡住私处的衣服,为了生存而努力挣扎,我的心仿佛被什么东西压住一样沉重。

我在皮格米村遇到一个少女,问她需要什么,她说她好想吃一次面包。于是我把她带去了一个茅草棚子一样的面包店,这也是村里唯一的面包店。

一个法棍50美分,换算下来大概是700韩元[1]。看着津津有味地吃着法棍的少女,我深深感受到了700韩元的威力。在那里,有700韩元就能品尝到的幸福。可惜的是,这种幸福并不是少女能够经常得到的。

村长邀请我们去他家做客,向我们炫耀建在他家房子旁边的铁塔。然而,这座铁塔其实是欧洲最大的移动通信公司建造的通信塔,只要经过附近,就会有一种被电磁波缠绕的不适感,但是我无法开口说破。

两周的时间里,我与淳朴的孩子们分享各自的经历,培养了深厚的感情。我给他们分发塑料袋,让他们帮忙打扫村子,奖励每个

---

[1] 约合人民币约 3.72 元。

把垃圾袋装满的人一个50美分的法棍。

我用募集来的捐款在村里安装了水泵，看着清澈的水哗哗地流出来，孩子们脸上都露出了激动的表情，他们高兴地说："再也不用去远处挑水了。"此外，我也为因艾滋病失去父母的孤儿们建立了孤儿院。

在非洲期间，我还遇到了一件出乎意料的事。20世纪90年代末，我的一个品牌在韩国上市，取得了巨大成功。但如今，这个品牌的很多产品已经成了旧衣服，混在救济品中。看到这些衣服后，我的心情很复杂，想起了同行自嘲时会用到的"出售破烂"这个说法。

离开皮格米村的前一天，我用法语和那些为我送别的女孩们道别，和她们约定一定会再来。我答应她们，只要她们像我在时一样继续打扫卫生，保持村庄的整洁，我就会完成她们的心愿——送一部手机给她们。

为了能和她们顺畅地沟通，回国后我也重新拾起了从前的法语课本。

50 开在低处的三色堇

春天如期而至,三色堇绚丽多彩地绽放着。在低处盛开的三色堇是我最喜欢的花之一。看着它,我突然想起已经去世的父亲。

父亲晚年时常说:"我还能再看几次春天呢?"当时我很难理解父亲的心情,如今自己也到了父亲那时的年龄,了解了他说话时的心情,方才感到心酸。

动物死了就没了,但有些枯萎了的植物到了春天便会重新萌芽,真是令人羡慕。

我从小喜欢观察植物,尤其喜欢一到春天就短暂开放的玉兰和樱花,喜欢花叶不同期生长的植物。花开花败,绿叶抽芽,生命力源源不断，真好。

虽说万物皆美，但我还是不明白造物主为什么要创造又小又可怜的三色堇，用意到底是什么呢？

我又从三色堇想到自己照顾的孩子们。每每想起那些珍贵的小生命，想到他们满脸期待地看着我、对我微笑着的样子，我就会想：为什么神没有赐子给苦苦等待孩子的夫妇，而是让最终会抛弃孩子的夫妇怀孕了呢？是负责守护孕妇的三神奶奶失误了吗？

如果那些孩子出生于父母很好的家庭，那该有多好啊，可如今他们就像被抛弃在了世界之外。每当我去看他们时，那些渴望亲情和关爱的孩子都紧紧抓住我，不让我走。

尽管社工老师无微不至地照顾他们，孩子们还是渴望得到更多的关心和爱。我们想满足那些孩子的需求，但可悲的是，社工人数远远不够。

有报道说没能在温暖的家庭中长大的年轻人日后成为未婚妈妈、未婚爸爸的概率很高，现实来看也的确如此。独自长大的人为了摆脱孤独，比普通人更容易把心交给异性，建立错误的关系，很多年轻人甚至都不知道自己是怎么怀孕的。

觉得世界不公平的瞬间,我想起一句话:"所有的新生命都同样珍贵,无论那是不是我孕育的。"

这句话出自斯蒂芬尼亚的养母之口。这位意大利女性和她的丈夫没有自己的小孩,但领养了两名韩国女婴、一名意大利女婴和一名患有脑瘫的意大利男婴,以真挚的爱养育了这四个孩子,斯蒂芬尼亚就是其中的一名韩国女婴。

至今忘不了第一次见到来自韩国的我时斯蒂芬尼亚的养父母高兴的样子。他们邀请我到家里,为我准备了家乡西西里的特色食物。他们递给我一份文件,对我说:"能帮忙找找这个孩子的家吗?"他们流露出悲伤的眼神。

那是当年儿童福利会的领养文件,上面写着:"发现地点:××洞派出所旁边。"看着收养文件,情感涌上心头。

斯蒂芬尼亚的养父母继续回忆女儿因外貌不同而被当地小孩戏弄,回家后抱着他们哭的样子。当女儿在青春期阶段出现身份认同问题时,他们也曾陪她一起做心理咨询,想办法渡过难关。他们说:"我们很庆幸领养了她,她是造物主赐予我们的宝贵礼物。"

斯蒂芬尼亚的养父母为孩子献出了自己的一切,这到底是怎样的境界啊。有些人生下孩子后又抛弃,甚至剥夺他们的生命;有些人却收养了被抛弃的生命,把他们抚养长大。是什么原因造成了这样的状况?

我太笨拙,想不出答案,能做的只是尽力保护每一朵小小的三色堇。

结束语：比起不停烦恼，先开始做点什么吧！

"老师，试试当YouTube博主怎么样？毕竟您的人生如此精彩。到了您这个年纪还往来于韩国和意大利之间，忙碌于工作的人并不常见。更何况您不光懂得意大利的时尚，还精通那里的文化，YouTube也是当下的趋势。"

收到后辈的提议后，我思考了好几天。在70岁的年纪决心成为YouTube博主，需要不少勇气。看到年轻的时尚博主上传的内容，我的压力更大了。他们推出的很多服装类内容让我不知所措，"开箱""合集"这些术语也让我感到陌生。总之，我敢肯定，YouTube绝不是适合老年人的平台。

"谁会看这种老奶奶的视频呢?何况我都不会经常购入新衣服!无论如何,我做YouTube都会像个笑话。"就这样,我磨蹭了好几天,直到后辈再次联系我。

"老师,请问您能帮我找一件和大牌设计类似的平价替代款吗?""没问题,毕竟我这辈子都在和各种衣服打交道。""好,那我周二10点去接您。"

2019年8月最热的一天,我在位于首尔江南区的中低档品牌卖场拍摄了第一个视频,内容是展示这里的服装种类,分析说明它们模仿了哪个大牌的设计。帮忙编辑视频的年轻制作人非常满意,向我正式发出开设YouTube相关频道的邀约。

我向制作人解释了自己犹豫的原因,他们却说:"您只要展示像现在这样随心所欲的生活方式就可以了。"我这种过时的生活?年轻人可能不太喜欢这种东西吧?坦然接受衰老、顺其自然的生活日常能成为好故事吗?年轻时我过得太拼了,现在只想悠闲地过日子。

制作团队没有放弃。"老师,这样就很好,展示张明淑原本的人生就可以了。别担心。您的存在本身已经很与众不同。"

我稍微有些动摇。也许他们从我身上看到了什么可能性？如果能和熟悉YouTube这个平台的人合作，或许也值得一试？到了这个年纪，我还有什么可失去的呢，况且和年轻人一起工作能学到很多东西，应该会是个有趣的经历……要不就去试试？

想展示给年轻人看的好内容应该是什么样的？光说时尚很没意思，不然讲讲七十年来我领悟到的事情？**不被物质所束缚，而是成为物质的主人，展现自己的喜好、眼光和教养，这样才能表现出人生的美好吧？**但是如果草率地分享所谓的人生智慧，会不会太像在说教？

我反复思考着，仍然无法轻易得出结论。随着要给出答复的日子越来越近，我想起了前段时间读过的一篇文章。那是一篇关于奢侈品热潮的文章，内容是男生为了给女友买高价包而拼命打工攒钱，商品开售前夜在卖场前搭帐篷睡觉，从凌晨就开始排队。看完文章，我的负罪感很重。

作为服装从业者，我很少购买有大牌标志的产品，一直以来都过着精打细算的生活，所以并不太能理解如今的现象。"就从这里入手寻找切入点吧！"深思熟虑后，我终于接受了后辈的提议。

从小学生到与我同龄的大人，大家都给了我莫大的支持。我用和韩语"来往于韩国和米兰之间的奶奶"发音相似的"Milanonna"作为频道名,就这样开始了YouTube博主生涯。想来如果没有后辈的鼓励、年轻人的支持以及我作为老人的好奇心,就不会有Milanonna这个频道了。

在这里,我毫无保留地展现了自己生活的面貌。从保存了80多年的父亲的衬衫,到奶奶过去的生活,我向所有人直接展示了自己人生真实的样子。结果,年轻人的反响出乎意料地热烈。

开始我以为订阅频道像订报纸一样,是需要付费的,因此脸皮薄、容易害羞的我说不出"请大家订阅"的话。而正是这样的我,如今已经使用YouTube有一段时间,开始关注订阅人数,还会试着撒娇说"请订阅频道,为我点赞吧!"(知道订阅频道并不需要付费之后,我也稍微有些勇气了。)

只发布了6个视频,订阅人数就达到了10万,还获得了"年度网络红人"的头衔。找上门来的采访、综艺、广告越来越多,订阅人数不知不觉就超过了80万。

"看到nonna,我摆脱了对衰老的恐惧。""如果能早点认识nonna,我的生活方式一定会发生变化。""怎么能和平时完全一样呢?""不加任何修饰,如此自然。"看到这样的留言,我就会觉得自己做YouTube博主是正确的，同时也想着不能忘记初心。人生由一系列任务构成，它们时而容易时而困难。而我如今的任务就是尽可能地推出好内容，不让订阅者失望，在这里留下一个美好的结局。

这样生活好还是那样生活好？要不要开始这件事？曾经，我在面对众多选择时也会思虑很多，慢慢地，我的想法越来越简单："如果觉得有趣的话就去试试吧！"

也希望所有大人和孩子都能在人生的不同阶段鼓起勇气，毫不犹豫地开始想做的事情，也好好地承担自己的责任。

很多人留言说想看我写一本关于自己人生经历的书，于是我开始慢慢用文字写下那些没办法通过YouTube传达的内容。借此机会，我也想对大家的关注表示诚挚的感谢，愿你们永远身心健康，在各自的人生中精彩地生活着。

张明淑（Milanonna）

因为是自己的人生呀

作者_[韩]张明淑　译者_吴思雨

产品经理_房静　装帧设计_肖雯　产品总监_木木
技术编辑_顾逸飞　责任印制_刘淼　出品人_吴畏

营销团队_毛婷 礼佳怡 魏洋

果麦
www.guomai.cc

以 微 小 的 力 量 推 动 文 明

햇빛은 찬란하고 인생은 귀하니까요 (COS SUNSHINE IS BRIGHT, AND LIFE IS PRECIOUS) by 장명숙
Copyright © 장명숙 2021
All rights reserved.

Simplified Chinese Translation Copyright © 2023 Guomai Culture and Media Co. Ltd
Simplified Chinese translation edition is published by arrangement with Gimm-Young Publishers, Inc. c/o Danny Hong Agency through The Grayhawk Agency Ltd.

著作权合同登记号 图字：11-2022-396

图书在版编目（CIP）数据

因为是自己的人生呀 /（韩）张明淑著；吴思雨译. — 杭州：浙江文艺出版社，2023.2
ISBN 978-7-5339-7118-2

Ⅰ．①因… Ⅱ．①张… ②吴… Ⅲ．①回忆录—韩国—现代 Ⅳ．① I312.655

中国国家版本馆 CIP 数据核字（2023）第 003499 号

因为是自己的人生呀
[韩] 张明淑 著
吴思雨 译

责任编辑　余文军
装帧设计　肖　雯

出版发行　浙江文艺出版社
地　　址　杭州市体育场路 347 号　　邮编 310006
经　　销　浙江省新华书店集团有限公司
　　　　　果麦文化传媒股份有限公司
印　　刷　北京盛通印刷股份有限公司
开　　本　880 毫米 ×1230 毫米　　1/32
字　　数　115 千字
印　　张　5.75
印　　数　1—9,000
版　　次　2023 年 4 月第 1 版
印　　次　2023 年 4 月第 1 次印刷
书　　号　ISBN 978-7-5339-7118-2
定　　价　45.00 元

版权所有　侵权必究
如发现印装质量问题，影响阅读，请联系 021-64386496 调换。